siamo museo immaginario di mutevoli forme,
mucchio di specchi rotti.

Jorge Luis Borges

LA NOTTE DEGLI SPECCHI

Dramma simbolico in quattro atti

di Andrea Barretta

Personaggi

Il fantasma

L'ombra

Daniel Paul Schreber, ***giudice paranoico***

La signora Schreber, ***sua moglie***

Il professor Flechsig, ***psichiatra***

Primo giudice

Secondo giudice

Edmund Husserl, ***filosofo***

Malvine, ***sua moglie***

Natorp, ***amico di Husserl***

Edith Stein, ***discepola di Husserl***

Fritz Kaufmann, ***suo amico***

Il narratore

L'orante

Il passante

Johan Jacob Saron, ***il paziente in analisi***

La scena si svolge in un luogo con specchi dappertutto.

ATTO I

– *L'imbrunire* –

I

(La paura del sole)

Brano "Attraverso i cieli" da Utopie *di Giusto Pio.*
Una luce accecante abbaglia l'ombra, che è sulla scena vestita di nero.
Poi entra il fantasma. Entrambi indossano maschera veneziana e mantello.

L'OMBRA: *(adirato, contro la luce di scena che lo abbaglia)* Via! Via! Perché mi torturi con i tuoi raggi, o Sole, se io mi sono deliberatamente voluto allontanare da te? Perché mi tormenti con il tuo dannato inseguimento? Io voglio restare solo e desidero annullare ogni residuo di alterità che mi alimenta! Perché dunque mi invadi con la tua presenza maledetta? Vattene! Vattene, Luce! Dove posso nascondermi se nemmeno qui mi posso riparare da te, accecante bagliore? Se nemmeno le montagne cave mi possono proteggere dalle tue luminosissime ferite e gli abissi sono troppo esposti al tuo odioso essere? Dove posso andare, mio Nemico? *(si avvicina il fantasma)*

IL FANTASMA: Vieni, amico. Ti mostrerò io il luogo dove potrai abitare per tutto il tempo che vorrai, ma dovrai lottare molto per quel luogo – parola d'onore – perché il tuo nemico (che poi è anche il mio) vuole rendere quel luogo il più luminoso della terra, benché ancora fatichi...

L'OMBRA: Dove mi porti?

IL FANTASMA: Nel cuore degli uomini, la più profonda delle caverne; ma non faccio nulla senza un corrispettivo, perché è consuetudine che le creature di tenebra stipulino contratti.

L'OMBRA: Cosa vuoi? Dimmi quel che vuoi e io te lo darò! Ma liberami dalla Luce!

IL FANTASMA: Ecco, vedi amico, io sono solo un fantasma angosciato per il mio folle fratello, che ancora vive in terra in tremende agonie e desidero vendicarmi del suo stato; ma gli uomini che lo circondano sono troppo indaffarati nei loro maliziosi intenti, perché le mie vendette si possano ritorcere contro di loro… A momenti temo che Satana e Buio si siano rifugiati altrove, perché il cuore degli uomini è divenuto peggiore del loro! Comunque, torno al mio discorso: io non trovo sulla terra alcuna persona su cui potermi abbattere con tutta la mia potenza, eccetto una.

L'OMBRA: Ma se allora c'è quest'uomo su cui potersi rifare, perché non lo tormenti?

IL FANTASMA: Sai che le regole degli inferi sono ferree per i fantasmi, cara ombra: Lucifero ha ordinato che i fantasmi non possano tormentare spiriti buoni, ma debbano vagare in eterno lamentandosi della loro pena; non possono assolutamente infierire sul mondo dei vivi.

L'OMBRA: Forse vorresti che io tormentassi quella persona che ora tu non puoi rovinare?

IL FANTASMA: Le ombre possono farlo – e poi sarebbe tutto a tuo vantaggio.

L'OMBRA: Perché? Spiegami.

IL FANTASMA: Si tratta di un uomo molto introverso, il cui nome ho suggerito sottovoce a mio fratello Daniel Paul: si chiama Edmund Husserl.

L'OMBRA: Husserl? Ne ho sentito parlare da qualche mia tenebrosa sorella, ma lo hanno lasciato perdere perché si diceva fosse veramente scontroso…

IL FANTASMA: Un buon terreno da arare per poterti rifugiare da Dio, non credi?

L'OMBRA: Dovrei convivere con un burbero?

IL FANTASMA: Divertendoti, certo! Non è divertente fare lo sgambetto a queste ridicole creature umane, che dicono di essere le migliori e pensano sempre di avere ragione?

Solo se leggi al contrario il maledetto Ignazio di Loyola, saprai tutti i trucchi per farlo cadere, perché è lui che ci ha smascherato per benino. Non gli fare mai leggere gli *Esercizi spirituali*, mi raccomando! Meglio che Husserl resti, come tuttora è, ebreo!

L'OMBRA: E' ebreo?

IL FANTASMA: Sì, ed anche fervido credente; ma anche questo gioca a tuo favore.

L'OMBRA: Perché? Lui ama Colui che io detesto!

IL FANTASMA: Non tutti i credenti sono sicuri della loro fede – ed Husserl è uno di questi…

L'OMBRA: Insicuro?

IL FANTASMA: Teme qualsiasi cosa, anche quando qualcuno entra nella sua stanza, mentre sta scrivendo i suoi filosofemi… A te basterà solo calcare un po' la mano. Già ho un'idea per iniziare il tuo lavoro, fin da domattina.

L'OMBRA: Perché fai questo per me, amico fantasma? Forse sei anche tu buono?

IL FANTASMA: Mi ingiuri, chiamandomi con uno degli appellativi del Nemico! No, ombra, faccio questo solo perché voglio vendetta e non perché mi fai pena – stanne certa!

L'OMBRA: Eppure, indipendentemente dalle tue intenzioni, oggettivamente mi stai facendo del bene, liberandomi dal mio patire…

IL FANTASMA: Siamo solidali, dici? C'è un terzo che dovrà soffrire; quindi siamo entrambi degli ingiusti egoisti! Ma ora basta con questi pensieri da umani, che ci rendono loro simili! Occupati piuttosto di questo pensatore!

L'OMBRA: Non mi avevi detto che era anche un filosofo…

IL FANTASMA: Credevo l'avessi intuito, da come te ne parlavo…

L'OMBRA: Ma se è un pensatore, mi può raggirare con i suoi tortuosi discorsi!

Il fantasma: Ah, allora non impari nulla da mio cugino Odisseo, che mi disse una volta di essere furbo, perché pensava sia il bene che il male, al contrario degli ingenui, che cercano solo il bene? Stai tranquillo, perché la sua insicurezza sarà il pane per la tua serenità! Ed ora andiamo, amica mia! Ti mostro quale sarà il tuo rifugio! *(escono)*

II

(Il panorama di Dresda)

Sulla scena è Schreber, che guarda il pubblico,
come se stesse guardando una città.

Daniel Paul Schreber: *(osservando con attenzione le teste degli spettatori e indicandone talvolta qualcuna)* Com'è bella la Moravia! E soprattutto da qui! Che pace i colori serali, dopo una giornata di lotte contro tutti: il sangue del tramonto rivela la sua vera natura d'iride immacolata! Nessun capo di imputazione, nessuna maglia giuridica stringe il potere del sole, ora che sta per venire la sera e poi la notte! Tutto si libera dai cappi professionali che si indossano inamidati sotto la calura, nel grigiore abbacinante delle aule d'udienza, nello splendore del potere esercitato in nome di quel miserabile ente che chiamiamo popolo! Ah, il popolo! *Io* giudico in suo nome e nessuno mi può togliere questo potere finché vivo! Ed eccola qui, a sera, la mia catena *(indica la scrivania dietro di lui)*: quella! Sì, quell'oggetto è terribile, perché contiene in sé la carte dei miei maledetti sconosciuti! Io lavoro con l'ignoto, con quello che gli altri mi danno da conoscere! Questo succede fuori di qui dentro! *(indica il perimetro del palco)* Ma qui! Oh, sapeste qui, in questa casa, che calvario sopportare mia moglie che non mi può dare figli! Mi mutila mia moglie – ecco tutto! Colpa sua, direte voi, che ragionate in modo banale. Nossignori, non è colpa sua! La colpa è proprio del Sole! Di Dio, insomma! Di colui che contesto e vedo tramontare simbolicamente come miei numerosi compagni di sventura! È Lui che ha creato mia moglie, no? E allora perché mi ha privato di questo mio desiderio, cioè di avere dei figli? Ah, Lui, Lui! Se mi concedesse di essere donna e soggiacere alla copula, io sostituirei mia moglie! Ma *non posso*! Diventare donna: che meraviglia! No, signori! *(pausa)* Perché mi guardate con sconcerto? Pensate anche voi, come quell'assassino del professor Flechsig, che io sia pazzo? In fondo questa è la premessa irrinunciabile di un piano provvidenziale, quello che – come saprete tutti, è ovvio! – si chiama *Ordine del Mondo*. Noi come esseri umani siamo attraversati da sottilissimi nervi, instillati nel corpo da Dio stesso al momento della nascita e siamo destinati a ricongiungerci a Dio dopo la morte. Orbene, questi nervi sono il principio costitutivo del nostro intelletto e delle sue facoltà spirituali, nonché la sede dell'anima. È attraverso questi nervi che le anime sono in comunicazione fra loro, e non solo metafisicamente! Esse parlano una lingua simile ad un tedesco arcaico, ricco di espressioni affettuose. E Dio, direte voi? Oh, Egli è un'entità non perfetta: pur essendo costituito di soli nervi, qualitativamente identici a quelli che attraversano il corpo di noi mortali, tuttavia a Lui capita di imbattersi in uomini i cui nervi esercitano su di Lui una forza attrattiva tanto intensa da minacciarne addirittura la sopravvivenza! Egli si vorrebbe ricongiungerci a noi, ma noi siamo più nervosi di Lui! Capite il buffo? E quando mai ci riuscirà a raggiungere? *(Con un balzo improvviso)* Beh, vi saluto! Sapete, com'è fra un po' inizia la mia seduta con il professor Flechsig, il mio medico! Buonasera a tutti! *(esce)*

III

(La consolazione)

Lipsia, 1884.
Sulla scena il prof. Flechsig e la moglie di Schreber.

Prof. Flechsig: Non so cosa dirle, signora Schreber. Certamente suo marito soffre a livello psichico. Per ora il ricovero serve ad identificare quali siano le cause della sua malattia, ma io già ho un'idea.

Moglie di Schreber: Che idea, professor Flechsig? Mi dica, la prego!

Prof. Flechsig: Il termine tecnico è *dementia paranoides*, che detto così pare non significhi nulla. In buona sostanza e tradotto molto brutalmente, suo marito esprime, seppure in forma camuffata e molto deformata, cose che altre persone affette da patologie diverse tacciono. Mi parla di frequente di suo padre e di suo fratello che ormai sono scomparsi, per esempio.

Moglie di Schreber: Già, ha sofferto molto per la loro morte anni fa.

Prof. Flechsig: In ogni caso, ha una lucidità sorprendente per quello che dice. È tipico di questa malattia: le cose che si dicono hanno valore quasi naturale.

Moglie di Schreber: Ma non si può fare nulla, dottore? Proprio nulla? Mio marito, in fondo, è una persona aggressiva, ma affettuosa…

Prof. Flechsig: *(serio)* L'affetto per il dottor Schreber è una forma per legare i vostri sentimenti, affinché egli possa pronunciare maldicenze nei confronti di noi medici. È tipico dei paranoici, mi creda signora Schreber. Suo marito è in questa clinica per guarire, non per essere allontanato dall'affetto che voi gli dimostrate…

Moglie di Schreber: Ma così lo trattate come un malato di nervi, professor Flechsig!

Prof. Flechsig: Purtroppo è questa la verità, signora Schreber: suo marito *è* un malato di nervi.

Moglie di Schreber: *(singhiozzando e gridando istericamente)* Non è vero! Daniel Paul non è un paranoico! Non mi dica così, dottore!

Prof. Flechsig: *(comprensivo, ma freddo)* Su, signora! Non si turbi: sono cose che capitano…

Moglie di Schreber: Certo che capitano, dottore! Ma solo ai disgraziati come me! Lei cosa ne sa di questa malattia?

Prof. Flechsig: *(tossicchiando)* Signora Schreber, se sono un luminare della psichiatria, qualcosa pur saprò…

Moglie di Schreber: Oh, ma io non alludevo alla sua scienza, dottore, ma ai miei sentimenti e a quelli di Daniel Paul! Non ci ha mai pensato a questo, professor Flechsig?

Prof. Flechsig: Non è oggetto della mia indagine questo ambito della scienza umana.

Moglie di Schreber: *(isterica)* Certo! Lei guarda tutto dall'alto in basso – nella prospettiva onnisciente della sua materia, vero?

Prof. Flechsig: Signora, comprendo il suo dolore e la tempesta di sentimenti che le provoca, ma io… *(tenta di avvicinarsi, ma la moglie di Schreber lo allontana)*

Moglie di Schreber: Vada via, dottore! Vada via, la prego! *(esce)*

Prof. Flechsig: *(non scomponendosi, chiama da dietro le quinte un infermiere)* Hans! Hans! Porti un calmante alla signora Schreber e la accompagni a casa! *(esce)*

IV

(*Funereus nuncius*)

Sulla scena è Husserl, che scrive disordinatamente, stracciando dei fogli. All'improvviso entra un signore vestito di nero, in gramaglie: è la sua ombra.

EDMUND HUSSERL: Maledizione! Mai una pagina che possa scrivere senza una fatica immane! Dunque *(rilegge un foglio)* "trovare, attraverso una rigorosa scienza filosofica, la strada verso Dio e verso una vita autentica. Ma allora io, educato dalla matematica alla purezza intellettuale, scoprii che la filosofia contemporanea, che si dava tante arie con la sua scientificità, falliva completamente e, di conseguenza, parlava con disprezzo dell'idea della filosofia – di dover essere, nel modo più radicale, il retto compimento dell'intera scienza". Mhm! Non mi piace! Questo è ancora troppo soggettivo – l'aspetto che io detesto di più quando si tratta di scienza! Occhio puro e mente chiara – ecco il mio motto! Ma qui c'è ancora troppa affezione in quel che scrivo! Accidenti a me!

L'OMBRA : *(compunta)* E' permesso, Edmund?

EDMUND HUSSERL: *(infastidito)* Oh, che bello! Ci mancava proprio lei per finire in bellezza la giornata? E poi che ci fa così vestita in gramaglie? È morto qualcuno per caso?

L'OMBRA: Edmund, le devo dare una bruttissima notizia.

EDMUND HUSSERL: E dov'è la novità? Lei mi dà *solo* cattive notizie, lo sa?

L'OMBRA: Stavolta però questa è peggio di tutte le altre.

EDMUND HUSSERL: Cosa è successo? Via, mi dica! Non mi faccia stare in pensiero! Ho moltissimo lavoro da sbrigare!

L'OMBRA: Non potrà più farlo, Edmund.

EDMUND HUSSERL: E perché?

L'OMBRA: Lei si è suicidato poco fa.

Edmund Husserl: *(stupefatto)* Come dice? Non ho capito bene…

L'ombra: Lei si è suicidato poc'anzi, Edmund. *(piange)*

Edmund Husserl: *(consolandola)* Su! Su! Non faccia così! La vita è bella ancora, sa?

L'ombra: E' inutile che si proponga di consolarmi, Edmund! Ormai lei è fra le anime dei trapassati! Ha compiuto il fatale gesto con l'esclamazione contro la sua soggettività! Addio, Edmund: ero venuto solo a dirle questo. Addio! A mai più! *(esce)*

Edmund Husserl: *(rendendosi conto del fatto che non è più)* Suicidato? Io suicidato? Ma come è possibile? Io sono nella mia casa e presso la mia scrivania! E poi… *(si ferma)* Farò una prova! *(grida)* Malvine! Malvine! *(Malvine esclama da dietro le quinte)*

Malvine: Che vuoi, Edmund?

Edmund Husserl: No, nulla! Volevo sapere se eri in casa! *(rimuginando)* Allora mia moglie c'è – però la mia ombra non può avere torto: ha sempre detto cose corrette al mio riguardo! Quindi, se mi dice che io mi sono suicidato, la frase andrà interpretata ad un altro livello, forse metaforico… *(l'ombra rientra e passa davanti ad Husserl)* Senta, ma che significa che io mi sono suicidato?

L'ombra: *(sorridendo tristemente)* Io le ho solo annunciato il suo suicidio, Husserl, ma le ragioni del suo gesto deve domandarle a se stesso. Oramai lei è un nulla – lo ricordi! Siamo polvere ed ombra, come dissero gli antichi… Addio! *(esce di nuovo)*

Edmund Husserl: E' vero! Sono un nulla! Ecco cosa voleva dire l'ombra: non riuscirò mai a finire le mie *Ricerche logiche*! Ho paura! Tremo peggio di un ragazzo, se penso alla morte e al fatto che io non riuscirò a finire le mie *Ricerche logiche*! Ma perché mi dai così pochi anni di vita, Dio mio? Non vedi che qui duriamo solo un batter di ciglio? E poi perché mi hai donato quella maledetta ombra, che mi mette sempre delle pulci nell'orecchio? Forse mi vuoi ricordare che io sono niente, vero? Ma io sono anche una bella intelligenza! No, non è possibile: non posso essere intelligente, se non riesco nemmeno a dare un ordine mentale a queste odiatissime carte! E poi come lo giustifico il fatto che perdo sempre la concentrazione? No, sto perdendo dei colpi negli ultimi tempi – maledizione! E tutto per colpa sua! *(entra l'ombra che si vede rivolta l'indice puntato)*

L'OMBRA: Cosa vuole, Edmund? Io non riesco a sentirla: ormai lei si è suicidato!

EDMUND HUSSERL: Lei, lei mi rende depresso, sa? Non la sopporto più! Come si fa a lavorare con lei? Mi disturba e mi demoralizza!

L'OMBRA: Mi accusa di averle fatto compagnia, Edmund? Mentre tutti pensavano solo a loro stessi e si disinteressavano totalmente di lei, dov'ero io? Se l'è chiesto? Io sono stata l'unica ad esserle vicino nei momenti di difficoltà seria! Ma è giusto così: il mondo va in questo modo: l'ingratitudine lo fonda! Ma ora lei è morto ed io non sento più nulla di quel che dice! *(si allontana)*

EDMUND HUSSERL: No! Dove va? Io stavo dicendo solo che…

L'OMBRA: *Solo che* cosa? Ormai lei è stato chiaro, Edmund! Io le ho dato tutti gli sforzi e le fatiche per giungere a scrivere la sua *Filosofia dell'aritmetica* e lei mi ringrazia così!

EDMUND HUSSERL: Lei cerca solo la gratitudine, vero? Ma io mi accorgo del suo ricatto!

L'OMBRA: Io la chiamo giustizia, Edmund: chi fa qualcosa, non si deve aspettare nulla, ma in fondo egli lo desidera.

EDMUND HUSSERL: Io non capisco realmente cosa sta accadendo!

L'OMBRA: Lei ha il Sole per nemico, Edmund – ecco cosa sta accadendo! E il Sole l'ha bruciata per castigo! Vuol dire che se lo meritava!

EDMUND HUSSERL: Avrei paura della luce?

L'OMBRA: Sì, si chiama *fotofobia* ed è quella malattia che costringe a socchiudere gli occhi e a non entrare mai in Paradiso...

EDMUND HUSSERL: E perché alcuni hanno questa malattia? Perché sono costretti a non vedere la luce delle cose celesti?

L'OMBRA: Perché questo è il loro immutabile destino, Edmund! Lo avevano capito bene i protestanti, ma lei è ancora un ebreo e crede ancora alla favola della libertà...

EDMUND HUSSERL: Vuole dire che siamo tutti predestinati?

L'OMBRA: In un certo senso, sì, Edmund. Vede, una volta un uomo venne dalla Mesopotamia ed invocò il dio del sole Samas, perché sapeva che quello era il suo nome. Ma lei avrebbe potuto benissimo invocare il suo Dio ebraico, come un islamico Allah. Nulla muta alla verità di questo episodio – e cioè che l'abbacinante luce di Dio ci ferisce e ci acceca. Noi, lo ricordi sempre Edmund, viviamo nelle tenebre.

EDMUND HUSSERL: Che sciocchezze sta dicendo? E i pensieri? Questa solenne sinfonia filosofica che sono i pensieri?

L'OMBRA: Cosa sono i pensieri davanti alla maestà di Dio, Edmund? Nulla, ecco cosa sono! Dio ci umilia con il dono del pensiero, perché distiamo sempre più da lui... E tutte le lampadine del mondo non riescono ad eguagliare nemmeno per un secondo l'immensità di Dio. E poi, a cosa valgono i pensieri di un suicida? Fortunato lei che sa di esserlo!

EDMUND HUSSERL: Ma così lei mi rende presuntuoso, credendo di sapere!

L'OMBRA: Preferisce essere furbo come il suo collega Socrate, che voleva semplicemente sapere di non sapere? Ma una cosa ugualmente la conosceva…

EDMUND HUSSERL: Ma perché suicida?

L'OMBRA: *(scostante e severa)* Adesso basta con le domande, Edmund! La smetta di fare il bambino e cerchi di essere più maturo. Lo sa anche lei che queste domande hanno a che fare con il dogma della vita. E poi, io sono inviato da una persona che lei non conosce…

EDMUND HUSSERL: Che vuol dire? Oggi lei si rende davvero incomprensibile!

L'OMBRA: Le narrerò un sogno, Edmund, così mi capirà. Ieri deve sapere che ho avuto la visione del funerale di mio padre.

EDMUND HUSSERL: Che cosa triste!

L'OMBRA: Lei dice? In verità, lì tutti godevano per la sua morte come se stessero banchettando con le sue membra! In vita non fu amato né considerato da nessuno, perché tutti lo consideravano un pazzo, sa?

EDMUND HUSSERL: E come si chiamava?

L'OMBRA: Che importa ormai? Tutto vola via, Edmund – anche la pietà... Era un paranoico, questo solo le posso dire. Comunque, al momento della sua morte, il suo corpo fu offerto sulla bara come su una tavola apparecchiata, pronto perché si gustasse quell'orrido pasto come forma di rito. Non pensa che sia così la morte, innanzi alla quale voi umani siete prede definitive degli altri nel ricordo cerimonioso e ipocrita, anche se in vita siete stati biasimati o odiati? Tutti si attorniano sul cadavere per poter espiare qualcosa, ma con estrema disattenzione; o, forse, molto più semplicemente lo vogliono depredare anche degli affetti…

EDMUND HUSSERL: Lei è un disgustoso cinico! Come fa a dire queste cose?

L'ombra: Merito degli uomini, Edmund! Ringraziateli per quello che mi donano!

Edmund Husserl: Ma allora colloqui con loro e non tormenti me!

L'ombra: Non c'è gusto, Edmund! Sono talmente invischiati nelle loro leggerezze che non mi vedono proprio, anche se vivono pienamente di me!

Edmund Husserl: Io non dialogherò in eterno con lei, lo ricordi!

L'ombra: Già! Ma fra la realtà di tua moglie e me, chi preferisci? Io le dono la libertà, non la schiavitù dei doveri!

Edmund Husserl: Non è vero! È lei che mi incatena! Vada via! Via di qui! *(Husserl prende la carta e legge la lettera a Natorp)*

IV

(Un pensiero gentile)

Sulla scena sono Husserl e Natorp, l'uno di fronte all'altro.
Husserl gli legge la lettera a lui indirizzata, con deferenza.
Poi entra Malvine.

Edmund Husserl: Ecco, vede la mia difficoltà, mio amato Natorp? Cerco di trovare, attraverso una rigorosa scienza filosofica, la strada verso Dio e verso una vita autentica. Ma allora io, educato dalla matematica alla purezza intellettuale, scoprii che la filosofia contemporanea, che si dava tante arie con la sua scientificità…

Natorp: Professor Husserl…

Edmund Husserl: No, Natorp, la prego di non interrompermi: sto dicendo cose importantissime…

Natorp: Ma professor Husserl…

Edmund Husserl: Mi faccia finire prima il mio pensiero e poi parlerà a suo piacimento, la prego! Dicevo che la filosofia contemporanea falliva completamente e, di conseguenza, parlava con disprezzo dell'idea di filosofia – di dover essere, nel modo più radicale, il retto compimento dell'intera scienza. Ma io vivo un disperante combattere in vista di sicuri punti fondamentali per una visione razionale del mondo...

NATORP: *(d'un fiato, quasi sovrapponendosi sulle parole di Husserl)* Il tacchino di Daubert è giunto, professor Husserl!

EDMUND HUSSERL: *(severo)* L'avevo pregata di non interrompermi – ed ora ho perso il filo per causa sua!

NATORP: Ma di là c'è il tacchino del dottor Daubert. Glielo dà in dono, professor Husserl, per le feste natalizie.

EDMUND HUSSERL: Via, Natorp! Lei è solo un'ombra e nulla di più! Come può Daubert portare il tacchino ad un essere scontroso e miserabile come me? Che fa? Mi sta prendendo in giro?

NATORP: Se non crede alle mie parole, può chiedere a sua moglie: è da mezz'ora che sta gridando... *(si sentono le voci fuori campo di Malvine, che entra, mentre Natorp esce)*

MALVINE: *(quasi infuriata)* Ma mi senti quando ti chiamo, Edmund? Hai solo trent'anni e non credo che sia diventato sordo tutto in una volta!

EDMUND HUSSERL: *(umiliato)* Scusa, Malvine... Ero sovrappensiero...

MALVINE: Sempre con la testa fra le nuvole eh, Edmund? Ti sto chiamando da un'ora perché è arrivato un tacchino da parte del dottor Daubert. L'ha regalato a te: c'è anche un bigliettino.

EDMUND HUSSERL: Tutto unto d'olio, immagino!

MALVINE: Sempre a pensare male dei tuoi allievi tu! Ma che vuoi che ti dia? La luna? Comunque non era unto d'olio, perché è stato dato separatamente rispetto al tacchino!

EDMUND HUSSERL: Sono io che lavoro con il dottor Johannes Daubert e so io come si comporta! Come se gli uomini a lui interessassero solo come autori di trattati scientifici e come se non volesse capire che io volentieri desidero contare sui miei amici personali!

MALVINE: E gli credo, Edmund! Anche tu hai un bel caratterino, in fondo!

EDMUND HUSSERL: Suvvia, Malvine! Sono solo un po' introverso...

MALVINE: Introverso? Ma sentitelo! Introverso è dir poco, caro il mio Edmund! Tu sei proprio strano e lunatico! Inaccessibile – ecco questa è la parola giusta! Inaccessibile come un castello medievale, che se ne sta lassù sulle colline sperdute della Germania!

EDMUND HUSSERL: *(sovrappensiero)* Ancora mi chiedo come mai Daubert questo tacchino. Non ne trovo la ragione...

MALVINE: *(bonaria)* E' un pensiero gentile, Edmund!

EDMUND HUSSERL: Per me? Ma cosa gli ho fatto di così particolare?

MALVINE: Oh, Edmund! Possibile che non capisci? Ora ti spiego. Ti ricordi di quando ti sei innamorato di me?

EDMUND HUSSERL: Certo che me lo ricordo! Ne è passato di tempo...

MALVINE: E allora ti ricordi certamente che mi tormentavi continuamente con cioccolatini e mazzi di fiori, nonché con continui corteggiamenti, no?

EDMUND HUSSERL: Ma era ovvio! Ti amavo!

MALVINE: E allora perché non può fare lo stesso anche Daubert?

EDMUND HUSSERL: Semplice! Perché lui non è mia moglie e non mi deve sposare!

MALVINE: Ma ha stima di te, Edmund. Lo hai trattato ingiustamente poco fa, dicendo che ti guarda solo come uno studioso, sai? Forse lui è introverso tanto quanto te e magari pensate la stessa identica cosa...

EDMUND HUSSERL: Che cosa?

MALVINE: Essere amici entrambi. In fondo è un bravo giovane questo Daubert e se parla con te solo di filosofia è perché vuole allacciare una relazione con te.

EDMUND HUSSERL: Già, però Daubert non sa come sia tormentoso per me lavorare ai miei scritti! Io non vedo l'ora di finire e di parlare con qualcuno per ore – e lui mi riporta sempre ai miei discorsi universitari, mentre vorrei solo parlare del più e del meno!

MALVINE: E tu allora? Hai mai provato a dirottare i discorsi universitari, come li chiami tu, e trasformarli in altri discorsi?

EDMUND HUSSERL: Mi è impossibile, Malvine! La filosofia per me è peggio di una maliarda o di una strega malefica: mi incanta come Circe incantava Odisseo, lo sai bene!

MALVINE: *(trattenendo una simpatica risata)* Certo che siete buffi tu e Daubert, sai Edmund?

EDMUND HUSSERL: Cosa c'è di divertente in due persone che tentano di instaurare un dialogo normale e non ci riescono?

MALVINE: E' proprio questo il buffo! *(ride)*

EDMUND HUSSERL: *(offeso)* Che fai adesso? Ridi sulle disgrazie altrui?

MALVINE: Semplicità è il mio motto, caro il mio complicato filosofo, nonché marito! Tu giochi troppo a scacchi!

EDMUND HUSSERL: Che c'entrano ora gli scacchi con Daubert?

MALVINE: Non con Daubert, ma con la parabola del figliol prodigo. Sai cosa penso? Che se il figliol prodigo si fosse fatto una serie di problemi prima di tornare dal padre, credo che non si sarebbe mai deciso. Insomma, il figliol prodigo non sapeva giocare a scacchi, mentre conosceva alla perfezione le regole di quel gioco suo fratello maggiore.

EDMUND HUSSERL: Mi vuoi dire ora cosa c'entra questa storia con Daubert, prima che perda la pazienza?

MALVINE: Semplice, Edmund. Ridevo perché pensavo che tu e Daubert siete due fratelli maggiori che vorrebbero diventare come il figliol prodigo. Vi complicate troppo l'esistenza con i vostri pensieri su voi stessi, ma purtroppo avete a che fare anche con gli altri – e questa è una molla importante per farvi uscire da quella caverna buia in cui abitate come orsi. Vedi, Edmund, il tacchino è stato un gesto da parte di Daubert per farti capire che vorrebbe parlare con te anche del più e del meno, magari a cena per Natale. Non vorremmo sgranocchiarcelo da soli, vero? Daubert ha fatto il primo passo; ora tocca a te chiamarlo e invitarlo a Natale.

EDMUND HUSSERL: Non sapevo che un tacchino dicesse tutte queste cose…

MALVINE: Hai visto? Ora hai scoperto che dietro un tacchino c'è chi lo offre in dono e non solo chi se lo mangia! Suvvia, andiamo da Daubert! Siamo già in ritardassimo per la nostra buona azione! *(escono)*

V

(Passato di uno spirito)

Sulla scena è il fantasma.

IL FANTASMA: Andò così. Un brutto giorno un tizio che oggi, secondo me e mio padre Buio, si è reincarnato nel corpo di Daniel Paul Schreber, entrò un pomeriggio nella chiesa deserta del Carmelo di San Giuseppe a Bordeaux, colpendomi a morte. Era il 1613 e quel ragazzo si chiamava Jean Joseph Surin. Il mio Nemico gli apparve in tutta la sua maledetta sfolgorante luce ed invase la sua piccola e ignara anima. Già quel maledetto giovane era facile alle suggestioni di eventi soprannaturali – e questo fu favorevole ai miei tranelli. Purtroppo tre anni dopo quella visione celestiale entrò presso la Compagnia dei Gesuiti. Ma da quando il Nemico lo visitò mi proposi di tormentarlo per l'eternità; e fortunatamente ci riuscii nel 1632 a Loudun – parlo in categorie di spazio e tempo, perché voi umani, che avete mente piccola e inarrivabile alle mie profonde e maliziose astuzie mi possiate capire, anche se non potrete mai sfuggire al mio dominio… *(Ride con cattiveria)* Dicevo: in quell'anno, la superiora del convento delle Orsoline di Loudun, madre Giovanna degli Angeli, cominciò a soffrire di incubi notturni, allucinazioni e crisi strane provocate da me e da un codazzo di spiriti che sono al mio seguito. Ma presto la situazione degenerò: per far giungere il giovane Surin presso il convento ed attirare l'attenzione dei prelati fui costretto a contagiare anche le altre suore con la mia possessione. Suggerii allora ad Urbano Grandier, curato della parrocchia di S. Pietro in Loudun, di gettare un mazzo di rose oltre la cinta del convento e quelle povere sorelle, incantate dai fiori, respirandone il profumo, divennero ossesse. Lo feci solo per rendere più credibile il sortilegio: comunque Grandier fu arso al rogo il 28 Agosto del 1634, dopo un sommario processo per stregoneria. Ma io continuavo a imperversare nel convento di Loudun: volevo rovinare solo Surin – quello era il mio unico obiettivo! Mi ricordo che allora mandarono il fior fiore degli esorcisti lì dove io mi divertivo nel corpo delle monache! Ma nessuno seppe trovare il modo di scacciarmi: mi ero impegnato, insieme con i miei compagni di eterna sventura, a tormentare quelle donne finché non venisse la mia preda: aspettavo solo lei. Ci volle un po' di tempo, ma alla fine, dopo cinque mesi dalla morte di Grandier, mandarono Surin, che già aveva problemi di natura psichica – ed anche questo giocava a mio favore, perché il Nemico spesso lascia soli i malati nella prova ed io lì posso agire come voglio! Insomma, finalmente il mio Surin arrivò da me. Furono giorni di dura battaglia e di strenuo lavoro: quel maledetto una volta cercò di scacciarmi dal corpo di madre Giovanna degli Angeli, quando fece al Nemico l'offerta di sé *(in falsetto, ironicamente)* come vittima espiatrice e vicaria. Che stupido! Io non chiedevo di meglio! Voleva patire su lui medesimo quelle pene che io infliggevo nel corpo di madre Giovanna! Dal Venerdì Santo del 1635 mi divertii davvero, sapete? Misi nella più assoluta insicurezza la mia preda, facendogli perdere la ragione – a lui, che già era così sensibile di suo! – gli ridussi la coscienza in modo veramente ignominioso, violentai con tutte le potenze infernali il suo essere interiore, lasciandolo nella totale desolazione! E così rendevo omaggio alle sue invocazioni a quel seguace del Nemico che fu Ignazio, cui spesso si rivolgeva! È tutto documentato, se non mi credete! *(tira fuori dalla sua giacca delle lettere consunte dal tempo)* State a sentire: questa lettera è datata 3 Maggio 1635 ed è indirizzata a padre Achille d'Attichy, amico di colui che cerco: sentite! *(inforca gli occhiali e dice in falsetto)* "Io per non dire quello che passa in me durante questo tempo né come tale spirito si unisca al mio senza togliermi né la coscienza né la libertà. Egli sta come un altro io. Mi pare allora di avere due anime, una delle quali, priva dell'uso dei suoi organi corporali, e mantenendosi come a distanza, contempla quello che fa l'altra. I due spiriti combattono sul medesimo campo di battaglia, il corpo. L'anima rimane come divisa: aperta, da una parte, alle impressioni diaboliche; libera di seguire, dall'altra, i propri movimenti e quelli di Dio". Non male, vero? Su, ho fatto un buon lavoro, dovete ammetterlo! Addirittura riuscii a farlo diventare a tratti intollerante verso l'Eucaristia! Però, purtroppo, l'ebbe vinta lui! Il maledetto Surin riuscì il 15 Ottobre del 1637 a scacciarmi dal corpo di madre Giovanna degli Angeli! Capite? Nonostante i miei sforzi, il Nemico gli ha dato la vittoria! Nonostante lo feci gettare per disperazione dall'infermeria di Saint Macaire sulle rocce che costeggiano la Garonna, il Nemico gli concesse solo una frattura alla coscia che lo rese claudicante per tutta la sua vita!

Benché per otto mesi gli tolsi la facoltà di proferir parola, nonostante la paralisi che gli procurai, costringendolo a coricarsi vestito e a non spegnere con un soffio la candela, il Nemico vinse! E anche nonostante le calunnie da me suggerite da padre Leonardo Champeils sulla sua pazzia e sulla sua instabilità mentale! *(Pausa)* Sì, mi direte voi, ma cosa c'entra la storia di Surin con la situazione di Schreber? *(sorriso malizioso)* Poveri umani! Non sapete proprio nulla degli spiriti delle ombre, nonostante viviate in questo bel teatro in forma di caverna che è il mondo! Ebbene, sappiate che Schreber è la reincarnazione di Surin – e tutti lo bollano come un pazzo; e stavolta il Nemico non può nulla contro di noi, perché in un malato di nervi la sua Grazia non può passare, mentre noi abbiamo totale spazio libero! *(Pausa)* Che c'è? Siete sconcertati per il mio potere? Io rivelo come stanno le cose per incutere timore: io mi manifesto, al contrario del mio invisibile Nemico che tenta di farvi andare controcorrente, con l'illusione di perseguire una via contraria a quelle che sono le leggi della terra! E poi, nessuno oggi mi crede più; quindi, interpretate il caso Schreber come diverso da quello che coinvolse Surin. La vendetta è solo di natura personale, va bene? Almeno voi non resterete turbati! E comunque, attenti a voi! La prossima volta potrebbe toccare ad uno di voi! *(sparisce, uscendo)*

VII

(I galantuomini)

Sulla scena due giudici di Dresda.

PRIMO GIUDICE: Insomma, di Daniel Paul non si sa più nulla, da quanto posso capire.

SECONDO GIUDICE: Oh, Dio! Nulla... Non dico nulla, ma le solite cose: è ancora in cura dal professor Flechsig!

PRIMO GIUDICE: Meglio così, perché io magistrati pazzi in giro per il tribunale non ne voglio: già bastano e avanzano i criminali con cui abbiamo a che fare ogni giorno!

SECONDO GIUDICE: Eppure mi sembra che Daniel Paul ragiona ancora bene: lo dice anche Flechsig!

PRIMO GIUDICE: Ragiona bene? Ma cosa stai dicendo? Sei impazzito anche tu, Heinrich?

SECONDO GIUDICE: Mio fratello è medico e gli ho chiesto cosa sia la paranoia e quali sintomi presenti – e lui mi ha detto che i paranoici hanno un loro sistema di idee coerenti.

PRIMO GIUDICE: Va bene. Ammesso che il tuo ragionamento sia corretto, sono i suoi contenuti ad essere errati, no? Altrimenti Daniel Paul non sarebbe ricoverato in clinica! Pensa che io ho saputo dall'infermiera della clinica, amica di mia moglie, che l'ha cacciata dalla stanza perché impediva, con la sua semplice presenza, l'onnipotenza di Dio! E queste cose non le dice un pazzo, secondo te?

SECONDO GIUDICE: Sì, ma la pietà...

PRIMO GIUDICE: Pietà? Che pietà puoi dimostrare ad uno che ti caccia dalla stanza perché vuole parlare da solo con Dio?

SECONDO GIUDICE: E tu che ne sai se è vero che ci parla?

PRIMO GIUDICE: Sì! E secondo te Dio in persona ha detto a Daniel Paul di diventare donna per il sacrificio dell'intera umanità? Via, Heinrich, che dici?

SECONDO GIUDICE: Beh, un buon giudice non dovrebbe escludere nessuna ipotesi, fosse anche la più assurda...

PRIMO GIUDICE: Già, peccato che non si possa provare con certezza quello che passa per la testa di un paranoico! E poi è meglio così: io non posso fare altro che auspicare l'interdizione di Daniel Paul dal suo ufficio. Ma ci pensi se un giorno mette in galera uno, solo per sua antipatia personale, magari perché non gli ha consentito di parlare con Dio?

SECONDO GIUDICE: Però è anche vero che nessuno gli fa visita, se non la moglie. E tu stesso mi racconti delle notizie frammentarie e narrate solo per via indiretta. Ci fa poi così paura un nostro collega?

PRIMO GIUDICE: Mi permetto di rettificare: un nostro collega paranoico…

SECONDO GIUDICE: E' ugualmente una persona come me e come te. O sbaglio?

PRIMO GIUDICE: Sì, ma meglio starne alla larga. I pazzi vanno trattati come i chirurghi trattano un corpo malato: coi guanti.

SECONDO GIUDICE: Forse proprio questo darebbe fastidio a Daniel Paul, sai? Non sentire il calore delle nostre mani…

PRIMO GIUDICE: Sei un sentimentale, Heinrich! Lo proibisce perfino il professor Flechsig!

SECONDO GIUDICE: Questo Flechsig non mi piace, a dirti il vero. Spesso ha rimproverato ingiustificatamente la moglie di Daniel Paul.

PRIMO GIUDICE: Se le mogli quando capitano questi fatti sono come le prefiche, non è di certo colpa del professor Flechsig…

SECONDO GIUDICE: Da come parli, sembra che tu non ti accorga minimamente che Daniel Paul sta male. Come fai a dire simili cose?

PRIMO GIUDICE: So che sta male, Heinrich! Ma so anche che la cura non gliela dà sua moglie, ma il professor Flechsig con la sua scienza!

SECONDO GIUDICE: Anche la scienza ha dei limiti, però. Ed uno di questi sono proprio i familiari – e proprio Daniel Paul ha detto di Flechsig che è un assassino di anime.

PRIMO GIUDICE: Che valore possono avere le parole pronunciate da un pazzo?

SECONDO GIUDICE: Se le ha dette, ci sarà un fondo di verità, anche se espresso in forma distorta.

PRIMO GIUDICE: Pfui! Sono interpretazioni che lasciano il tempo che trovano…

SECONDO GIUDICE: E' dovuto alla mia forma mentale l'interpretazione, Franz. Io non mi limito mai alla lettera della legge o all'evidenza dei fatti. Voglio sapere.

PRIMO GIUDICE: Chi troppo vuole sapere poi diventa cieco, Heinrich.

SECONDO GIUDICE: Bel proverbio! Dove l'hai trovato?

PRIMO GIUDICE: Non è un proverbio. È la mia interpretazione di una tragedia greca, espressa in forma sintetica.

SECONDO GIUDICE: Allora vedi che interpreti anche tu?

PRIMO GIUDICE: Certo che interpreto, altrimenti non sarei un giudice! Ma non interpreto tutto quello che mi passa sotto gli occhi durante la giornata! Non capisco perché tu lo faccia anche nei confronti di Daniel Paul…

SECONDO GIUDICE: Perché è una questione che mi sta a cuore, Franz – e mi dispiace che tutti noi ci stiamo disinteressando di lui e che il professor Flechsig metta i bastoni fra le ruote.

PRIMO GIUDICE: Ti crucci troppo per questo caso, Heinrich – e inutilmente, credo. Senti, domani vado a Monaco con Wolfgang per le vacanze di Natale. Vuoi venire con noi? Magari riesci a distrarti…

SECONDO GIUDICE: Ci devo pensare, Franz. Te lo faccio sapere stasera. E comunque come mai mi inviti? È la prima volta che lo fai.

PRIMO GIUDICE: Mi dispiace che ti corrucci per Daniel Paul. Vieni con me, su! Che ti costa in fondo? Qualche questione con tua moglie, no?

SECONDO GIUDICE: Non so dirti ora. Ti farò, sapere, va bene?

PRIMO GIUDICE: *(uscendo con il secondo giudice)* Va bene. Allora aspetto la tua conferma stasera. *(escono. Entra in scena il fantasma del fratello di Schreber che dice)*

IL FRATELLO DI SCHREBER: Ti aspetto a Natale, caro il mio Schreber – o dovrei dire Surin? Verrò anch'io a farti la festa! Ah, ah, ah! *(guizza via)*

VIII

(Danza dei vortici)

Sulla scena sono Husserl e la moglie Malvine, che ballano un valzer sulle note di Strauss.

EDMUND HUSSERL: Va la nave, il mare la trascina e il vento la spinge; i pianeti girano e un vortice trascina la terra intorno al sole, ma è il vortice che si muove…

MALVINE: *(divertita)* Che stai dicendo, Edmund? Balla e falla finita almeno per oggi con le tue idee!

EDMUND HUSSERL: Non ci riesco, né posso, Malvine: se penso che stiamo danzando, la mia ragione ebbra comincia a fantasticare e a dire che tutto danza svogliatamente nell'eterno vortice dell'universo, il cui fondo è ignoto e le cui leggi sono conosciute solo al Dio dei matematici. Un vento muove i pianeti intorno al sole e, al tempo stesso, fa girare il sole su se stesso; e così c'è un vortice minore che fa girare la luna intorno alla terra e la terra su se stessa.

MALVINE: *(c.s.)* Ma non mi dire! E noi ci stiamo trascinando appresso addirittura tutto l'universo in questa danza?

EDMUND HUSSERL: No, Malvine: ne siamo trasportati. Come su una barca mossa dal vento, così è il destino dell'universo, cui non possiamo sottrarci. Noi siamo il frutto maturo di questo inquieto moto, cui anche la mente soggiace e il cuore. E la danza – che evoca quella macabra d'un tempo – è senza termine e con un punto vuoto attorno a cui tutto ruota e che non si può elidere dal mondo. Qui, io non trovo punti fissi alla mia insicurezza: le nuvole vagano veloci e fuggono e le amicizie imperiture non le vedo. Tutto vola via, compresi i miei pensieri…

MALVINE: Che fortuna per me!

EDMUND HUSSERL: Tutto trapassa e anche l'albero da me amato da bambino si rivela nel suo nulla e non più come rivelazione dell'eternità dell'essere. Nasce dal niente e al niente torna, come questo maledetto vortice che io riesco a pensare, ma di cui non ho certezza della sua esistenza. Ecco, la mia ombra ha scoperto la mia malizia, benché danzi con te e mi illuda di vincere il moto vorticoso che mi trascina: non si può pensare che l'albero cui ero affezionato da bambino, con la sua forma e i suoi colori, sia e non può accadere che non sia; non si può pensare che l'albero sia divino, se Dio è l'essere nella sua immutabile pienezza. Se Dio è per ogni dove, infatti, compreso in questo albero, noi non possiamo nasconderci al Suo sguardo. Ma l'albero passa e le foglie che cadono ne sono la prova certa. Nulla v'è di eterno nel decadere e nel momento dello splendore della terra, perché accanto ad essa si cela una radice che tramonta. Ed io in questo vortice vado lentamente, umiliato nei miei limiti. Addio, Malvine!

MALVINE: *(gli dà uno schiaffo)* Così impari a dire sciocchezze! Svegliati, Edmund! *(il marito si allontana, un po' offeso)* Ed ora che cos'hai?

EDMUND HUSSERL: *(amareggiato)* Perché mi umili così Malvine? Cosa ti ho fatto di male?

MALVINE: *(avvicinandosi)* Nulla, Edmund. Però parli sempre di cose brutte: il nulla, la disperazione, i tuoi malesseri. Sembra che per te non esista null'altro che quello di cui fantastichi…

EDMUND HUSSERL: Mi devi scusare, Malvine, ma è più forte di me…

MALVINE: Sei molto più pensieroso negli ultimi giorni: ti è successo qualcosa all'università?

EDMUND HUSSERL: No, ma io so chi è responsabile di quello che sto passando.

MALVINE: E chi è? Dimmelo che lo sistemo per le feste! Sono davvero furiosa con lui!

EDMUND HUSSERL: La colpa è sempre delle ombre.

MALVINE: Che stai dicendo? Ancora sei sulle nuvole?

EDMUND HUSSERL: No, Malvine, stavolta parlo sul serio! È l'ombra che mi visita da un po' di tempo a rendermi così triste…

MALVINE: *(abbracciandolo affettuosamente)* Edmund, tu sai che i sentimenti di una persona sono contagiosi anche per gli altri?

EDMUND HUSSERL: *(intuendo il pensiero della moglie, inizia a lacrimare)* Sì, Malvine…

MALVINE: Ti ricordi il giorno in cui ci siamo sposati? Tu mi hai detto che mi avresti reso sempre felice, no? E allora adesso perché fai così?

EDMUND HUSSERL: *(piangendo)* Scusa, Malvine! Scusa!

MALVINE: Lascia perdere le tue ombre, Edmund. Tu sei buono, in fondo – e quest'ombra che ti tormenta ti vuole solo allontanare da me. Pensaci quando la incontrerai di nuovo, Edmund! Fallo per me.

EDMUND HUSSERL: *(le bacia la mano)* Oh, grazie, Malvine!

MALVINE: Su! Andiamo a fare una passeggiata, così ti risollevi! *(escono)*

IX

(Dono natalizio)

Sulla scena è Schreber in stato di stupor allucinationis.
Entrano il fantasma del fratello di Schreber e l'ombra..

DANIEL PAUL SCHREBER: *(contempla un punto fisso davanti a sé; talvolta emette urla a intermittenza ed estremamente brevi; spesso aguzza le orecchie)*

IL FANTASMA: *(entrando con l'ombra)* Ecco! Questo è lo spettacolo natalizio, ombra cara! Non è meraviglioso vedere un povero pazzo da solo, abbandonato da tutti il giorno di Natale?

L'OMBRA: *(con un moto di pietà)* E' un po' triste, a dire il vero...

IL FANTASMA: *(risoluta)* Triste? Ma è naturale che lo sia! Tu sai da dove veniamo, ombra, e dunque non c'è nulla di cui meravigliarsi! Ma per noi questo deve essere divertente proprio perché siamo tristi! E poi, secondo me, stai cominciando a prendere un po' troppo i caratteri di quel filosofo che ti ho detto di torturare. A proposito come va con lui? Tutto bene, vero?

L'OMBRA: Bene è dire troppo; diciamo che ce la metto tutta a non lasciarmi fregare, anche se c'è di mezzo sua moglie Malvine che spesso interrompe il mio lavoro sul più bello, proprio quando sono arrivato a buon punto!

IL FANTASMA: Lo sapevi anche tu che le donne ne sanno una in più di noi, no? Piuttosto padre Buio ha saputo di una giovane ancora più pericolosa che dovrebbe avvicinarsi ad Husserl, ebrea come lui, ma molto più forte. Bisogna stare attenti...

L'OMBRA: Tu, invece, vedo che ti contenti solo di lasciare solo tuo fratello il giorno di Natale. Non lavori poi così tanto...

IL FANTASMA: Io sono solo il fratello di un defunto, amica mia. Non ho alcun potere su di lui, ti ho già detto – e quindi mio fratello resta solo...

L'OMBRA: *(sospettosa)* Non è forse che non me la racconti giusta?

IL FANTASMA: Io? E perché dovrei? Non basta forse la pena che tu subisci con lo scottarti alla vista del Sole? Cosa posso farti di male io, che sono della tua stessa natura?

L'OMBRA: Non lo so, ma non mi convince molto un'amicizia così immediata da una creatura come te...

IL FANTASMA: Forse desideri non torturare più il filosofo? E dove andrai, una volta che te ne sei liberata? Il Nemico è fuori dal suo animo che ti aspetta sfolgorante per annientarti!

L'OMBRA: E il giorno in cui morirà, cosa farò? Il tuo patto era incompleto ed io non ho riflettuto con attenzione sulla tua proposta.

IL FANTASMA: Io possiedo molte anime e ne potrai prendere quante ne vorrai alla morte di Husserl.

L'OMBRA: Però per vivere in quell'anima, devo lavorare molto, non credi?

IL FANTASMA: Ogni cosa si paga in terra, come in cielo, ma anche negli abissi...

L'OMBRA: Perché però mi hai portato qui da tuo fratello?

IL FANTASMA: Per farti svagare, amica: te lo meriti, sai? Pochi come te erano riusciti a resistere così a lungo con quel pensatore ebreo.

L'OMBRA: Allora non sono la prima alla quale tu hai proposto l'affare! Dimmi cosa c'è sotto il tuo patto, amico!

IL FANTASMA: Non c'è proprio nulla che io ti faccia di male, amica ombra! La verità è che tu mi credi insincero non so per quale misteriosa ragione...

L'OMBRA: Il tuo sguardo non mi rassicura. Io stessa, che sono creatura di tenebra, ti temo.

IL FANTASMA: Oh, bella! E perché, di grazia?

L'ombra: Non c'è un perché nel bene o nel male.

Il fantasma: E allora devo pensare che sono tutte tue impressioni, come quelle del tuo filosofo! Certo che state proprio bene in simbiosi voi due!

L'ombra: Smettila di scherzare, amico! Tu stesso hai detto che mi aiutavi non di certo per il mio bene!

Il fantasma: Le parole volano e fluttuano come noi, amica cara. Se l'ho detto, certamente ho mutato intenzione adesso.

L'ombra: Come posso fidarmi di te, se non so nemmeno se prestare fede alle tue parole? E se fossi passato sotto la bandiera del Nemico?

Il fantasma: Impossibile! Il Nemico non tende trappole! E poi l'ipocrisia mi serve per ingannare gli uomini, amici del Nemico, ma non le ombre come te…

L'ombra: Dammi la prova che dici il vero!

Il fantasma: Non posso: sono figlio delle cose false.

L'ombra: E allora che devo fare?

Il fantasma: O ti fidi o non ti fidi, ombra. Prendere o lasciare: sai che questa è la regola.

L'ombra: Bel rischio mi proponi!

Il fantasma: In ciò non differisci molto dagli uomini, credimi.

L'ombra: Già, però non ho capito perché tu sei esente da questa legge. Sei forse tu il legislatore?

Il fantasma: Sai che solo il Nemico legifera – e non capisco perché ti ostini ad accusarmi di essere d'accordo con Lui…

L'ombra: Perché forse non è poi così conveniente essere malvagi.

Il fantasma: *(adirato)* Allora, in verità, sei tu la vera traditrice, l'amica del Nemico! Giuro sul nome di padre Buio che ti scaccerò dall'anima di Husserl, se hai queste intenzioni!

L'ombra: *(umiliata)* Perdonami, amico: forse è la stanchezza che mi provoca quel filosofo a renderti accuse ingiuste!

Il fantasma: *(altezzoso)* Lo credo anch'io, ombra, per il tuo destino! Sei poco ipocrita con me – e questo non ti onora, perché fra gli esseri di tenebra io sto più in alto di te! Ma tu, in fondo, parli così perché dipendi dal Sole…

L'ombra: Cosa dici? Ti ho già detto che non lo posso vedere!

Il fantasma: Ma è lui che ti ha formata! Se non ci fosse Lui, tu non esisteresti! Io, al contrario, ho superato perfino la tua condizione, distaccandomi totalmente da Lui!

L'ombra: Mostruoso destino il tuo…

Il fantasma: Puoi ben dirlo – e me ne vanto! E comunque per l'ipocrisia apprendi dagli umani che attorniano il tuo pensatore: hai molto ha imparare…

L'ombra: Perché? Tu ami gli ipocriti?

Il fantasma: Li capisco. Molti sono ipocriti per varie ragioni…

L'ombra: Quali per esempio?

Il fantasma: Perché sono timorosi che chi sta loro dinanzi li divori. L'hai detto tu stesso poc'anzi.

L'ombra: L'ho fatto, ma senza ipocrisia.

Il fantasma: Ma l'hai fatto per paura; anche gli ipocriti agiscono spesso per paura. Ma esiste anche un'altra ragione: la pura malizia.

L'ombra: E tu sei ipocrita per pura malizia? Se lo sei, non mi posso fidare mai di te!

IL FANTASMA: Strano, ombra! Molti umani mi lodano proprio perché so fingere! Ma tu, che stai a contatto con la vera sostanza luminosa del Nemico, non riesci a capire questo… La mia arte suprema è fingere e sdoppiare tutta la realtà semplice che il Nemico propone: io mi nascondo nelle infinite vie del mondo, perché tutti mi possano vedere e rendo apparente quello che è vero. Sai, ombra? In fondo aveva indovinato quel matematico del Seicento che lasciò perdere l'idea del Genio Maligno – stava entrando in un terreno molto pericoloso, il nostro… Ma noi siamo rimasti fedeli alla nostra natura illusionistica, che usiamo per depistare gli uomini dalle vie del Nemico. Deviamo dal retto percorso e lasciamo cadere quanti entrano in nostro potere nei labirinti della loro inquieta anima o li disperdiamo fra i dedali del mondo. Siamo noi che introduciamo nelle stanze dell'anima gli specchi dell'inganno e della malizia; noi facciamo ruotare gli uomini eternamente attorno al Vero, ma tenendoli rigorosamente a distanza da Lui, perché desiderino sempre di più raggiungerlo, non riuscendoci! Ah, ah, ah! Così stiamo facendo, amica ombra, anche con il tuo Husserl…

L'OMBRA: *(indicando Schreber)* Sì, ma lui che c'entra? Non credo realmente che tu sia suo fratello…

IL FANTASMA: E perché non mi credi? Chi ti ha indotto questa idea?

L'OMBRA: Io stessa ci sono arrivata. Perché un defunto dovrebbe avere a cuore la vita di un pazzo, anche se è suo fratello, se nel suo cuore alberga solo il male? Dunque, sei qui per un altro motivo.

IL FANTASMA: Io devo vendicare la pena di mio fratello – e saranno altri a soffrire, non lui!

L'OMBRA: Possibile che tu odi tutti sulla faccia del pianeta, eccettuato me e tuo fratello? Mi sembra molto strano!

IL FANTASMA: Pensa così solo il Nemico, che separa con il coltello il bene dal male. Ma noi, pur essendo fatti di tenebra, abbiamo un grande dolore che ci spinge ad agire così – ed è questo il nostro bene! Comunque, amica mia, è la seconda volta che ti rendi sospetta ai miei occhi, dicendo cose che appartengono al mondo luminoso da cui ti sei allontanata!

L'OMBRA: Tutte le ombre sono sospettose per natura.

IL FANTASMA: Ma non verso i simili, in cui si specchiano nella loro nerezza!

L'OMBRA: Io sospendo il patto, per il momento. Voglio vedere cosa fai a tuo fratello, per vedere se dici il vero.

IL FANTASMA: Sei insolente, ombra! Finché io vagherò nei secoli, mi pagherai questo affronto, perché ti sei resa inadempiente ad un patto stipulato con me! E non mi riuscirai a seguire, come dici!

L'OMBRA: Vedremo!

IL FANTASMA: E comunque non puoi più allontanarti da Husserl: ormai sarà lui stesso a chiamarti! A meno che tu non voglia aiutare sua moglie e, con lei, il Nemico...

L'OMBRA: Addio, miserabile! *(esce)*

X

(Dichiarazioni di un malato di mente)

Sulla scena è rimasto solo Daniel Paul Schreber, sul suo letto.

DANIEL PAUL SCHREBER: *(come se abbandonasse il suo stato allucinatorio; poi dice pronuncia con scatti nevrotici e in falsetto la sua frase più famosa)* Die Sonne ist eine Hure! *(Pausa)* Die Sonne ist eine Hure! *(Pausa)* Die Sonne ist eine Hure! *(dottorale e con tonalità ridicola)* Sulla base delle mie esperienze interiori è fuori dubbio che l'astronomia non sa un bel niente dell'energia. Dio stesso provvede alla conservazione generale solo mediante la continuità del Sole… *(Pausa)* Difficile, vero? Parlerò il vostro linguaggio "normale": curiose figure angeliche popolano la terra, ma non le vedete! Miserabile stirpe questa nostra umana: solo i pochi pazzi che abitano le sfere solari possono giustamente dire di aver visto la terra! Ma tutti qui ci nascondiamo come formiche o scarafaggi, timorosi della luce del Sole che inonda le piante e vivifica questo brullo terreno… Ed ecco, o ombre che sedete lì fra il pubblico, da qui noi *giudichiamo* tutte le tenebre terrene e non lasciamo che nessuna di essa sfugga al nostro sguardo! Impossibile, direte voi: come si può tendere alla perfezione del Sole, di questa grande illusione d'ombra nella caverna del mondo? Mi disse una volta mio fratello che la caverna del mondo siamo noi e che i nostri occhi possono proiettare luce o essere spenti come candele consunte. E noi continuiamo a rifugiarci dal Sole che ci ama, mentre in noi coabitano la forza che tende a Lui e la forza che da Lui ci allontana! *Die Sonne ist eine Hure*! Lui ci ama e noi fuggiamo – ci nascondiamo nelle latebre e nelle grotte per non farci scovare: ricordate? *"Adamo dove sei?"* – così disse il Sole agli inizi del nostro mondo! In questo anfiteatro di demoni, noi abitiamo benissimo: la giusta luce mediocre dei salotti ci libera dalla tragedia di colui che vi parla o dalle elevate montagne che possiamo scalare. Ma è miserabile chi guarda la montagna dal basso in alto, perché essa va guardata solo dalle zone del Sole! *Die Sonne ist eine Hure*! E quanti fraintendono i linguaggi dei pazzi che hanno detto frasi spezzate come le mie! Quanti! Ma è così, purtroppo: le verità non possono essere argomentate, né dimostrate come un'equazione, ma solo proclamate o esibite! E da questo chiaroscuro che è l'orizzonte in cui abitiamo non c'è redenzione, nonostante *die Sonne ist eine Hure*! *(entrano l'ombra e il fantasma, portando uno specchio e, fermandosi al centro del proscenio, lo mostrano al pubblico; poi vanno via)*

ATTO II

– *Tramonto e notte* –

I

(L'ottava mansione)

Sulla scena è Edith Stein, che parla con Fritz Kaufmann.

FRITZ KAUFMANN: E tu sei disposta a fare questo lavoro? Ma lo sai che carattere ha?

EDITH STEIN: Bisogna saperlo prendere, Fritz! Sai come la penso io con le persone, no?

FRITZ KAUFMANN: Certo che lo so! Ma ancora non mi capacito di quella storia dell'anfratto: non tutti possono essere colpiti nei loro punti deboli!

EDITH STEIN: L'anfratto è solo una metafora: significa che ognuno di noi ha un pertugio, in cui può essere scoperta la sua anima.

FRITZ KAUFMANN: Niente male come immagine predatoria!

EDITH STEIN: Già, ma i predatori dell'uomo sono solo due, Fritz – e tu lo sai bene!

FRITZ KAUFMANN: Dio o il diavolo, dici? Ma il professor Husserl ha anche una sua testa per scegliere l'uno o l'altro!

EDITH STEIN: Certo, ma è anche una persona molto sensibile e profonda – e in quanto tale esposta ai miraggi del falso, anche se è fortemente orientata al vero. Me ne sono accorta l'altra sera, quando parlavo con lui dei novissimi.

FRITZ KAUFMANN: Dopo che ti tratta come una segretaria, tu gli parli pure dei massimi sistemi? Certo che sei strana, Edith!

EDITH STEIN: A che serve portare rancore per un comportamento, Fritz? Certe volte siamo proprio degli stupidi quando litighiamo, perché non ci accorgiamo neanche per quale ragione effettiva lo facciamo…

FRITZ KAUFMANN: Va bene, Edith! Ma a te non dà fastidio essere trattata così?

EDITH STEIN: E' un lato del carattere del maestro, Fritz. Null'altro. Ed io me la dovrei prendere per un brutto carattere? O forse lo dovrei migliorare? Ma come? Non ci sono modi – e farlo significa fare violenza.

FRITZ KAUFMANN: Sei troppo magnanima tu con il professor Husserl. Tutti lo scansano.

EDITH STEIN: Quella dei miei colleghi è mancanza di coraggio e pigrizia. Ma sua moglie allora? Lei gli sta vicino quotidianamente!

FRITZ KAUFMANN: Povera moglie!

EDITH STEIN: Ecco, questo è un giudizio sommario e dozzinale. Io conosco Malvine e so che non sopporta il maestro – come penseresti tu, Fritz – ma lo ama, perché lo accetta così com'è.

FRITZ KAUFMANN: Anche se, come dice spesso lui a te, è circondato da ombre? Tutte fantasie, secondo me!

EDITH SEIN: Che io sappia nessun uomo sulla terra è riuscito a fare completa luce su di sé. E a chi ci ha voluto provare è finita male... Solo Dio può farci uscire dalla regione delle tenebre in cui tutti, Fritz – *tutti*, compreso tu! – ci troviamo.

FRITZ KAUFMANN: Sì, ma io non sono un ipocondriaco solo perché ho qualche dispiacere nella mia vita. Il professor Husserl esagera un po', Edith – e anche con Daubert l'altra volta non è stato molto gentile, al pranzo di Natale.

EDITH STEIN: Io non nego che il maestro abbia un carattere un po' introverso, Fritz; ma bisogna capire anche perché si comporta così e aiutarlo!

FRITZ KAUFMANN: Fosse così semplice!

Edith Stein: Infatti non lo è. Ma spesso gli uomini, invece che riunirsi attorno ad una persona fragile che ha bisogno di loro, preferiscono escluderla solo perché non la capiscono – o, come penso io, perché non vogliono capirla!

Fritz Kaufmann: Non so come fai, Edith, ma mi convinci sempre. E, per di più, non ho l'impressione che tu pretenda di avere ragione…

Edith Stein: *(divertita)* Non mi tentare, satanasso di un Fritz, perché sai bene che sono molto testarda per certe cose!

Fritz Kaufmann: Per esempio la difesa del professor Husserl.

Edith Stein: *(c.s.)* Che fai? Mi prendi in giro?

Fritz Kaufmann: Non mi permetterei mai, avvocato Stein!

Edith Stein: *(ridendo)* Oh, Fritz! Sei proprio incorreggibile!

Fritz Kaufmann: A proposito, ma che ne pensa il professor Husserl delle realtà ultime?

Edith Stein: Che siano queste! *(ride)*

Fritz Kaufmann: Dai, Edith! Non scherzare!

Edith Stein: Prima fammi dire la mia di idea. L'ho presa nientemeno che da Aristotele. *(si fa buio sulla scena; la Stein si avvicina sul proscenio e si vede solo la sua ombra)* Fra le innumerevoli cose intelligenti scritte dal pensatore alessandrino noto come Aristotele di Stagira c'è un libercolo poco noto, intitolato *Racconti meravigliosi*, in cui si narrano episodi misteriosi del mondo allora conosciuto. Si racconta, ad esempio, che nell'isola di Lipari fu scoperta una tomba in cui, secondo alcuni, si sarebbero verificati dei fatti inquietanti. Un ubriaco che passeggiava per la necropoli una notte si addormentò lì vicino; al mattino seguente, alcuni uomini lo videro e, credendolo morto, lo seppellirono. Ma egli – cosa sorprendente davvero! – riuscì a gridare così forte dall'interno della tomba che ne uscì vivo. La storia non ha morale, ma quel tizio dicono somigliasse molto al mio caro maestro... Ecco perché io non temo per lui. Fortunati coloro che conoscono le ombre e la Luce, perché doppio è l'aspetto che circonda tutte le cose; però il lume della verità ce le rappresenta come esse sono in realtà. *(si rifà luce sulla scena)*

FRITZ KAUFMANN: Sì, ma Husserl che ne pensa?

EDITH STEIN: E' triste dirtelo, Fritz, ma le ombre che lo tormentano non gli fanno capire bene quel che riesce a pensare...

FRITZ KAUFMANN: Come sarebbe a dire che non riesce a capire quel che pensa?

EDITH STEIN: La comprensione delle realtà ultime è qualcosa di talmente esorbitante da noi, che talvolta è meglio non parlarne affatto. Però tutto quello che diciamo è insufficiente. Ora hai capito?

FRITZ KAUFMANN: No, perché parli troppo in astratto, Edith. Però intuisco il tuo pensiero.

EDITH STEIN: Per fortuna! È già qualcosa! Comunque sono tranquilla per il maestro, nonostante le sue fisime. In verità, credo anche di aver trovato la radice di ciò che lo fa stare male e della sua poca socievolezza.

FRITZ KAUFMANN: Davvero? E come hai fatto?

EDITH STEIN: Pregando: con le mie preghiere per lui, io ho avuto il privilegio di entrare nella stanza della sua anima.

FRITZ KAUFMANN: Ah, sì? E che ci hai visto dentro?

EDITH STEIN: Sei curioso, Fritz – e la curiosità non è un attributo delle persone che pregano.

Fritz Kaufmann: Perché? Tu ci sei entrata, come hai detto, nella stanza dell'anima del professor Husserl!

Edith Stein: Sì, ma quello che ho visto è un segreto tra me e Dio.

Fritz Kaufmann: Non me lo puoi dire nemmeno se ti dicessi che la mia domanda la faccio perché il professor Husserl possa essere aiutato?

Edith Stein: Visto che sono per metà ebrea, ti rispondo con un'altra domanda, Fritz: come posso esprimerti ciò che *io* ho visto nell'anima di Husserl? Sarebbe una mia visione, ma non la visione totale della sua anima (quella divina, vista da Dio dico). E allora tu che faresti? Ti accontenteresti di quel che dice una povera donna? Le mie parole non possono esprimere il segreto che Dio mi ha rivelato in preghiera.

Fritz Kaufmann: Va bene. Lascio perdere. Per me resta sempre un povero ipocondriaco.

Edith Stein: Se vuoi, Fritz, puoi aiutarmi. Preghiamo un po' per il maestro stasera. Vuoi? Però ti avverto che non lo farai autenticamente, se prima non ti liberi della tua curiosità…

Fritz Kaufmann: Figurati se io ci tengo a vedere delle ombre, Edith! Con tutte quelle che mi porto dietro tutta la giornata! *(escono)*

II

(Entrando nelle sale degli specchi)

L'ombra è sulla scena da sola.
Poi Daniel Paul Schreber.

L'ombra: Mi ha giocato! Ormai non me lo posso più levare di torno quel tormento di filosofo! E pensare che ero io a doverlo torturare! Ah, maledetto fantasma e me quando acconsentii ai tuoi patti scellerati! Mi hai lasciato aderire ad un umano odioso, approfittando della mia buona fede, quando cercavo di fuggire dal Sole! Ora mi dai dato un destino di tenebra che mi invischia sempre più in un mondo che non mi appartiene: quello degli uomini! Preferivo la luce che rifrangeva tra gli anfratti del monte e le crepe piuttosto che abitare in questa caverna odiosa che è il cuore di un filosofo! Ecco, vedi: qui dentro ci sono solo claustrofobici specchi da cui non si può vedere altro che se stessi! Ed è per questo che Edmund mi cerca: egli ha bisogno dei miei specchi! Ma io – ahimè! – io come potrò rompere questo maledetto incantesimo? Sei stato tu, odiosissimo fantasma, a darmi questo destino in dono! Bel dono che mi facesti con l'eterna visione di me stessa! E tu, Nemico, sapevi tutto fin dall'inizio e mi condannasti a questa mia condizione! *(Rabbiosa)* Oh, maledetti chi mi diedero la pena infinita di questi tormenti e il non poter uscire da questo mio stato! Finora mai seppi di essere pienamente disperata – e Husserl si definisce con il mio appellativo e mi invoca pure adesso! Quando egli dice di essere disperato, mi chiama e non mi libera, anche se io mi aspetto questo suo regalo! E quel fantasma sapeva tutto questo fin dall'inizio!

DANIEL PAUL SCHREBER: *(con gesti magistrali, come se dovesse spiegare qualcosa)* Benvenuti, signori, nella sala degli specchi! Per ora avete visto un'ombra che cercava la lontananza dal Sole – *Die Sonne ist eine Hure!* – e diventare in breve disperata. Una grande metamorfosi dello spirito, a dire il vero! Lentamente questo spirito delle tenebre diventa ancora più buio, ma – estremo paradosso! – attraverso lo strumento che meno si addice alla tenebra: lo specchio! Signori, ma ancora non avete capito che quel che sta accadendo qui dentro è tutto un gioco di rifrazioni di luce e di ombre, di angoli luminosi e di escrescenze d'arcobaleno? Ancora non avete capito che è tutto un sublime inganno, ideato dal Nemico e dal fantasma, suo complice? Grande opera di confusione, vero? Ma così giochiamo nella vita, noi folli: non si vedono distintamente i condomini, i palazzi, le chiese, i giardini e magari la luna che abbraccia tutto serenamente. No, signori! Questa è solo *apparenza*, puro inganno! La verità – se di verità si può parlare – la decide lo spirito! Ma anche qui tutto è – come dire? – *fluttuante*. Eppure qualcosa di vero c'è: le donne! Non vi fidate delle donne – mai! Sono loro che rivelano tutto e tutto denudano e lasciano il niente in mano a noi, quando noi facciamo solo chiarezza! Di me stesso, per esempio, non vi fidate di me quando diverrò donna, come è stato decretato nel grande Ordine del Mondo. Ora potete ascoltarmi, perché sono ancora uomo o androgino. Ma non dopo. Il mondo delle femmine va mandato tutto in malora – è pericoloso per noi! *(tornando al tono ordinario, cioè magistrale)* Ed ora, parliamo di questa sala degli specchi: ognuno ne ha una. L'ombra vede solo specchi, perché vede solo se stessa. Io stesso vedo specchi che ritraggono i vostri volti, ma tutti deformati (e la mia sala di specchi è diversa da quella dell'ombra che si lamenta). Un musicista vede violini o pianoforti nella propria sala, così come una persona triviale vede solo beni di lusso materiali. Un aguzzino vede solo i propri carnefici – e così via. Ma nessuno ha varcato mai la soglia di quella sala di specchi che è sempre stata oggetto di desiderio di tutti: quella in cui abita Dio. Nessuno sa cosa vede Dio nella sua sala di specchi – e su questo mistero tormentoso, tutti vi vogliono entrare, prendendone il posto! Ma solo a pochissimi è riservato il mistero dei misteri! Per quel che mi riguarda, a me non interessa affatto perché – ormai lo sapete tutti – per me *die Sonne ist eine Hure*! *Die Sonne ist eine Hure*!

III

(Lo sfratto)

Sulla scena è Edmund Husserl con la moglie Malvine.
Poi l'ombra e il fantasma.

EDMUND HUSSERL: Senti se così va bene, Malvine. *(legge un foglio)* "Nella vita bisogna distinguere nettamente fra la realtà e la fantasia..." *(Malvine ride)* Beh, ora che c'è da ridere? Se iniziamo così, chissà cosa farai alla fine!

MALVINE: Proprio tu parli di realtà e fantasia, Edmund? E come fai a capire dove inizia l'una e dove l'altra?

EDMUND HUSSERL: Con l'intuizione eidetica tutto è possibile!

MALVINE: *(prendendolo in giro)* "Con l'intuizione eidetica tutto è possibile!" Bella formuletta: peccato che valga solo per te che sei filosofo! E io, che sono una semplice donna di casa, come faccio a distinguerle? Mi prendo un po' di intuizioni eidetiche dopo pranzo e a cena, come fai tu?

EDMUND HUSSERL: *(infuriato, lascia i fogli e chiede)* Allora dimmi, visto che sei così brava come faresti tu!

MALVINE: Aspetta un momento. *(Va a prendere un pugno di fagioli che sono sul tavolo e chiede)* Domanda alla tua ombra quanti fagioli ho nel pugno della mia mano!

EDMUND HUSSERL: Che stai dicendo?

MALVINE: Su! Domandaglielo! Tu ci parli tutti i giorni...

EDMUND HUSSERL: *(balbettando)* Ma l'ombra, in verità...

MALVINE: Non esiste? Ma come non esiste? Tu mi hai detto che ci parli, quindi *deve* esistere, no? Oppure sei stato tanto importuno con lei che ha deciso di non venirti più a fare visita!

EDMUND HUSSERL: Ma Malvine! Cosa stai dicendo? Che ti prende?

Malvine: Mi prende che mi sono proprio stufata di pensare a te e ad occuparmi di quel che avviene nella tua testa, Edmund! Al diavolo tu e tutte le tue fantasie! *(Scende dal palco e va via, scendendo dal proscenio)*

Edmund Husserl: Malvine! Malvine! Dove vai? Malvine! Oh, come me miserabile! *(Si avvicina l'ombra, da una parte, e il fantasma, dall'altra)* Eccoti qua, ombra! Oh, almeno tu fammi compagnia, ti prego!

Il fantasma: *(con alterigia)* Le è proibito, signor Husserl. Lo dicono le regole degli inferi. E poi, l'ombra ha risolto il contratto che aveva stipulato con me ai suoi danni. Nessuno più la tormenterà, gliel'assicuro.

L'ombra: *(al fantasma)* Che ci fai qui tu? Avevo detto che non ti avrei mai più visto!

Il fantasma: Già, ma il caso ha voluto diversamente. Comunque, poche chiacchiere! Questo *(dà un foglio all'ombra)* è lo sfratto per inadempimento dall'anima di questo filosofo! Ti consiglio di sloggiare, se non vuoi ulteriori guai, ombra cara!

Edmund Husserl: No! Dove la vuole portare? E poi, lei chi è?

Il fantasma: Questi sono affari che non la riguardano: lei è solo un bene. Purtroppo per lei ha una buona occasione da sfruttare senza nessuno che la tormenterà più.

Edmund Husserl: Ma che buona occasione! Io voglio essere tormentato! E poi mi sono affezionato alla mia ombra!

L'ombra: *(al filosofo)* Io, invece, non ti sopporto più! Accidenti a te! *(al fantasma)* E a te dico che da qui avrà inizio il tuo regno, fantasma dei miei stivali!

Il fantasma: Ora leggi anche le parole del Nemico eh, ombra? Solo lui diceva che il mio regno era diviso in se stesso e solo io potevo scacciarmi; ma dal momento che tu, purtroppo, hai messo piede nel mio regno, io ho il potere di scacciarti. Fuori da quest'anima! *(Il fantasma soffia sull'ombra, che esce via come volando dalla scena; poi* *si rivolge al filosofo)* Quanto a lei, stia tranquillo che ora per lei inizia il periodo della peggiore desolazione ed ora che anche sua moglie se n'è andata, non ci sarà più scampo per lei! Se vuole sapere di me, mi chiami con un fischio! Arrivederci, signor Husserl! *(Il fantasma esce)*

IV

(Prima sala – Il messaggio)

Sulla scena resta solo Edmund Husserl. La luce è su di lui soltanto.
I personaggi delle scene seguenti (Malvine, il primo giudice, l'ombra e il fantasma), durante questa scena, si avvicinano da dietro le quinte ad Husserl e poi si ritirano, come fuggendo.

EDMUND HUSSERL: Nessuno più mi abita, ma non posso dire di essere mio. Le ombre mi hanno lasciato solo, mentre vanno a ballare con i miei colleghi che sono propensi all'arte della maldicenza. È l'ora del deserto, del silenzio assoluto: né amici, né mogli, né Dio – e nemmeno le tenebre adesso… Io solo – e la mia voce che risuona dei miei echi… Miserabile me! *(Si siede su una sedia, mettendosi il capo fra le mani; poi entra Edith Stein)*

EDITH STEIN: *(si avvicina ad Husserl in silenzio e gli mette una mano sulla spalla, poi gli sorride)* Maestro! Maestro!

EDMUND HUSSERL: Mi lasci perdere, chiunque sia! Desidero restare solo!

EDITH STEIN: Ma maestro, sono la dottoressa Stein! Non mi riconosce?

EDMUND HUSSERL: Via! Se ne vada via anche lei da qui! Ho troppe allucinazioni oggi e non voglio che nessuno mi importuni, né voglio affliggerlo io con i miei dispiaceri!

EDITH STEIN: Non vuole parlare, vero maestro?

EDMUND HUSSERL: No, dottoressa Stein, non voglio. Vada via, la prego!

Edith Stein: Farò come desidera, maestro. Le lascio solo un bigliettino: me l'ha dato il mio principale…

Edmund Husserl: *(ferito)* Principale? Perché lavora presso un'altra università?

Edith Stein: *(sorridendo)* Lavoro nella vigna più bella del mondo, sa? Le lascio il messaggio qui, così lo leggerà quando vorrà. La saluto! Buonanotte! *(esce silenziosamente così come è entrata)*

Edmund Husserl: *(cercando di trattenerla invano)* No! Aspetti! Dove va? *(prende il bigliettino e legge)* "Ogni giorno sorge il sole e la speranza illumina la terra. Ruscelli scorrono su letti incantati di fiumi inarrestabili e arcobaleni inondano le sorgenti e le cascate di gemme…" *(si interrompe)* Ma che roba è? Cosa sono queste fanfaluche poetiche? *(riprende la lettura)* "Ogni ombra ha la sua luce da cui sorge". *(si fa buio; poi luce per la scena successiva)*

V

(Seconda sala – L'amante)

Fuori dalla scena, verso la platea, è Malvine da sola.

Malvine: *(preoccupata)* Perché fai così, Edmund? Ora che ti ho abbandonato, ecco io vedo migliaia di persone qui *(indica il pubblico)* ma nessuna ti somiglia e a nessuna mi posso avvicinare! Perché mi hai costretto a lasciarti per un giorno? So che ho operato per il tuo bene, ma è triste questa giornata senza i tuoi pensieri strani, senza le tue opere bislacche! Non so se riuscirò a resistere a questa distanza, che dovrebbe aiutarti! Oh, sapessi come soffro per te da qui, dove non ti vedo! Prego solo che le ombre di cui parli non ti rapiscano da me: ora so che la colpa è solo la loro, amato! Ma tu perché dai loro ascolto? Nessuno ti può raggiungere nei tuoi pensieri – eppure loro ci sono riusciti! Edmund! Edmund! *(corre via dalla scena)*

VI

(Terza sala – Il lontano)

Sulla scena è il primo giudice.

PRIMO GIUDICE: Il mio cuore è qui, Dio mio, immergi il tuo scettro in lui, Signore. È una cotogna troppo autunnale e ormai marcia. Strappa gli scheletri degli sparvieri lirici che tanto, tanto lo ferirono, e se per caso hai il becco togli la sua corteccia di noia. Ma se non vuoi farlo, fa lo stesso, tieniti il tuo cielo azzurro, che è tanto noioso, il ballo degli astri. E il tuo Infinito, tanto io chiederò in prestito il cuore ad un amico. Un cuore con ruscelli e pini, e un usignolo di ferro che resista al martello dei secoli. E poi, Satana mi ama tanto, fu mio compagno in un esame di lussuria, e lo scaltro cercherà la mia Margherita – me lo ha proposto – la bruna Margherita, su uno sfondo di vecchi ulivi (che da qui, terra del Nord, non si vedono mai), con due trecce da notte d'estate, perché io strazi le sue cosce innocenti. E allora, Signore, sarò ricco come te e più di te, perché il vuoto non può paragonarsi al vino con cui Satana festeggia i suoi amici. Liquore fatto di pianto, che importa! È lo stesso liquore del tuo fatto di trilli. Dimmi, Signore, mio Dio! Ci sprofondi nell'ombra dell'abisso? Siamo uccelli ciechi senza nido? La luce si sta spegnendo. E l'olio divino? Le onde agonizzano. Hai voluto giocare come se fossimo soldatini? Dimmi, Signore, Dio mio! Non giunge il nostro dolore ai tuoi orecchi? Non hanno fatto le bestemmie Babeli senza mattoni per ferirti, o ti piacciono le grida? Sei sordo? Sei cieco? O sei guercio nello spirito e vedi l'animo umano con toni invertiti? Oh, Signore sonnolento! Guarda il mio cuore freddo come una cotogna troppo autunnale e ormai marcia! Se la tua luce arriverà apri gli occhi vivi; ma se continui a dormire, vieni, Satana errante, sanguinario pellegrino, portami la bruna Margherita tra gli ulivi con le trecce da notte d'estate, e io saprò accendere i suoi occhi pensosi con i miei baci macchiati di gigli. E in una sera cieca sentirò lei, mentre tutti i miei sogni si riempiranno di rugiada. Qui, Signore, ti lascio il mio cuore antico, vado a chiederne in prestito un altro nuovo a un amico. Cuore con ruscelli e pini, cuore senza serpi né gigli. Forte, con la grazia d un giovane contadino che attraversa con un salto il fiume.

VII

(Quarta sala – Infinite rifrazioni)

Sulla scena è l'ombra. Da sola.

L'OMBRA: *(isterica)* Taglialegna! Tagliami l'ombra! Liberami dal supplizio di vedermi senza cedri! Perché nacqui tra specchi? Il giorno mi gira. E la notte mi copia in tutte le sue stelle. Voglio vivere senza vedermi. E formiche e soffioni, sognerò che sono le mie foglie e i miei uccelli. Taglialegna! Tagliami l'ombra! Liberami dal supplizio di vedermi senza cedri!

VIII

(Quinta sala – L'impostore)

Sulla scena è il fantasma. Da solo.

IL FANTASMA: Sventurato il povero di spirito, perché sotto terra sarà quello che ora è sulla terra. Sventurato colui che piange, perché ha ormai l'abitudine miserabile del pianto. Beati quelli che sanno che il patimento non è un serto di gloria. Non basta essere l'ultimo per essere un giorno il primo. Beati coloro che non hanno fame di giustizia, perché sanno che la nostra sorte, avversa o benigna, è opera del caso, che è inscrutabile. Non c'è comandamento che non possa essere trasgredito, anche quelli che io dico e quelli che i profeti dissero. Gli atti degli uomini non meritano né il fuoco né i cieli. Se la tua mano destra ti offenderà, perdonala; tu sei il tuo corpo e la tua anima ed è arduo, o impossibile, stabilire la frontiera che li divide... Non esagerare il culto della verità; non c'è uomo che alla fine d'una giornata non abbia mentito, a ragione, molte volte. Io non parlo di vendette, né di perdoni; la dimenticanza è l'unica vendetta e l'unico perdono. Fare il bene al tuo nemico può essere opera di giustizia e non è arduo; amarlo è impresa d'angeli e non di uomini. Fare il bene al tuo nemico è il miglior modo di compiacere la tua vanità. Da' quel che è santo ai cani, getta le tue perle ai porci; quel che importa è dare. Nulla si edifica sulla pietra, tutto sulla sabbia, ma noi dobbiamo edificare come se la sabbia fosse pietra... Felici coloro che possono fare a meno dell'amore. Sono io a scegliere, non l'uomo.

IX

(Sesta sala – Opacità)

Sulla scena è l'orante.

L'ORANTE:

E mai uno specchio,

non uno specchio

un vetro che ti rispecchi

una pozzanghera

dove rifletterti

una goccia di rugiada

non dico uno specchio vero

mai...

E tu non sai

non sai

che volto hai,

o che ti possa immaginare

che volto tu abbia,

come sia il volto di un uomo!

Mai uno specchio

e tu non sai

non sai…

IX

("Caro Brentano…")

Sulla scena è di nuovo Husserl solo, che legge una lettera.
Tutte le visioni sono sparite.

EDMUND HUSSERL: Caro Brentano, mi sembra di essere riuscito a sfuggire per il momento dalla visione che più mi turba. Vede, a volte mi capita di percepire infiniti specchi nella mia anima che, posti l'uno dinanzi all'altro, proiettano infinite volte la mia immagine. Ecco, mi dico, finalmente ho vinto la solitudine, perché tutti costoro non mi lasceranno mai qui, abbandonato a me stesso! E invece, amico mio, la sciagura comincia proprio lì. Io chiamo pensieri questi specchi. Lei sa bene che io iniziai come seguace della sua filosofia e non potei arrestarmi ad essa. Contraddittorio come è, purtroppo, il mio carattere, in me vive anche un senso critico indomito che, senza preoccuparsi delle inclinazioni del mio animo, rifiuta senza scrupoli ciò che gli appare insostenibile. Legato nell'animo, libero nell'intelletto, io dunque percorro, poco felice, il mio cammino. Ho provato a sufficienza i tormenti derivanti dalla mancanza di chiarezza, dal dubbio destabilizzante. Devo pervenire ad una stabilità interiore. Semplicemente, io non posso più vivere senza chiarezza. Devo e voglio, nel lavoro cui sono dedito, nell'approfondimento puramente oggettivo, avvicinarmi alle grandi mete.

Lotto per la mia vita e proprio per questa ragione penso di poter progredire; infatti, la crudelissima necessità esistenziale, la legittima difesa contro il pericolo di morte, danno forze, energie insospettate, illimitate. Io non ambisco qui ad onore e gloria. Solo una cosa mi soddisferebbe: devo ottenere chiarezza, altrimenti non posso vivere, non posso sopportare la vita. Io ero e sono in grave pericolo di morte. Io però voglio vincere o morire. Spero che non mi sia destinato e che non mi sia possibile morire spiritualmente, soccombere nella lotta per la chiarezza interiore, per l'unità filosofica e sopravvivere fisicamente. Mai e poi mai posso abbandonare questi ambiti di ricerca, lasciare incompiute queste trivellazioni e fondamenta ormai avviate. Ciò significherebbe abbandonare me stesso. Ciò fu la mia vita per molti anni e la mia vita non può e non deve cadere in frantumi. Quanto tempo, quanta vita, quanto lavoro intellettuale e quante disposizioni mentali ho dissipato! Quante costruzioni iniziate ho lasciato cadere in rovina! Purtroppo la mia personalità non può diventare qualcosa di compiuto e di intero. Essa non può conquistare l'unità della visione del mondo, l'unità di una formazione organica, maturata liberamente, bella e naturale.

X

(Risveglio)

Sulla scena, entra il narratore.

Il narratore: Compiuta l'agonia, ormai solo, solo ormai e lacerato e respinto, sprofondò nel sonno. Quando si destò, lo attendevano le abitudini quotidiane e i luoghi; si disse che non doveva pensare troppo alla notte precedente e, animato da tale volontà, si vestì in fretta. All'università, eseguì passabilmente il proprio lavoro, sebbene con la spiacevole impressione di ripetere qualcosa di già fatto, che ci dà la stanchezza. Gli parve di notare che gli altri distogliessero lo sguardo; forse sapevano ch'era morto.

Quella notte cominciarono gli incubi; non lasciavano in lui il più piccolo ricordo, solo il timore che tornassero. Alla lunga il timore prevalse, come sempre; s'interponeva tra lui e la pagina che doveva scrivere o il libro che cercava di leggere. Le lettere formicolavano e pullulavano; i volti, i volti familiari, s'andavano cancellando; le cose e gli uomini man mano l'abbandonarono (o era lui che li lasciava...). La sua mente si afferrò a quelle forme mutevoli, come in una frenesia di tenacia. Per quanto sembri strano, non sospettò mai la verità; questa lo illuminò di colpo. Comprese che non poteva ricordare le forme, i suoni e i colori dei sogni; non c'erano forme, colori, né suoni, e non erano sogni. Erano la sua realtà, una realtà oltre il silenzio e la visione e, di conseguenza, oltre la memoria. Questo lo costernò più del fatto che, a cominciare dall'ora della sua morte, aveva sempre lottato in un vortice d'immagini insensate. Le voci che aveva udite erano echi; i volti, le maschere; le dita della sua mano erano ombre, vaghe e insostanziali certo, ma anche amate e conosciute. Sentì in qualche modo che doveva lasciare indietro tali cose; ora apparteneva a questo mondo nuovo, spoglio di passato, di presente e di futuro. A poco a poco questo mondo lo circondò. Patì molte agonie, attraversò regioni di disperazione e di solitudine. Codeste peregrinazioni erano atroci perché trascendevano tutte le sue precedenti percezioni, memorie e speranze. Tutto l'orrore stava nella loro novità, nel loro splendore. Iniziava di nuovo il mattino.

ATTO III

- Mattina -

I

(Esodo di un'infelice)

Sulla scena sono Edith Stein e Malvine.

MALVINE: Edith, io mi sono stufata di Edmund! Questa è la verità pura e semplice!

EDITH STEIN: Per la questione delle ombre?

MALVINE: Sì, Edith, per questo motivo. Tu non puoi capire perché non sei mai stata innamorata, ma io Edmund lo vedo tutti i giorni e sentirmi dire sempre le stesse cose è ossessivo. A volte mi sembra un malato di mente per come ne parla!

EDITH STEIN: Forse il maestro vuole solo un po' di considerazione e di maggiore attenzione, Malvine...

MALVINE: Oh, Edith! Io ci metto la pazienza con Edmund: tutta la pazienza di questo mondo, te lo giuro! Ma non riesco a capacitarmi del suo allontanamento da me, capisci? È chiuso in una maledetta roccaforte, separata dal mondo...

EDITH STEIN: *(sovrappensiero)* Già, la sala degli specchi...

MALVINE: Cosa?

EDITH STEIN: Nulla, Malvine. Nulla.

MALVINE: Insomma, Edith, cosa devo fare io con Edmund? Non ci capisco nulla! Tu cosa mi consigli?

EDITH STEIN: Fuggire non serve a nulla, anche perché così accresceresti non solo il dolore del maestro, ma anche il tuo. Non devi lasciarlo preda delle ombre, Malvine!

MALVINE: *(meravigliata)* Come? Ci credi anche tu, Edith? Sei divenuta superstiziosa anche tu d'improvviso?

Edith Stein: *(sorridendo calma)* Non c'è nulla di superstizioso nel credere alle ombre, Malvine. Tutti ce le portiamo appresso, così come immaginiamo che i fantasmi si portino appresso le loro catene di condanna. Solo che alcune persone, come il maestro per esempio, ne avvertono acutamente la presenza, semplicemente perché sono più profonde...

Malvine: *(rassegnata)* Quindi lo devo sopportare a vita con le sue fisime e i suoi problemi inesistenti!

Edith Stein: Il maestro ti offre tutto se stesso in dono, Malvine! Anche le sue ombre sono il dono che egli ti porge: i suoi chiaroscuri lo rendono molto più amabile, perché ti dona tutta la sua contraddittoria umanità! All'università non parla mai di queste sofferenze che egli patisce certamente anche nelle maldicenze dei colleghi e nelle ferite indubbie che alcuni gli rivolgono; ma a te, Malvine, a te confessa tutto questo!

Malvine: *(illuminandosi)* Io lo posso aiutare, mi stai dicendo? Ma chi sono io per fare questo?

Edith Stein: Prego ogni notte per il maestro: chi sono io per fare questo? Tutti abbiamo un piccolo compito da svolgere quotidianamente, ma anche se nella nostra miseria lo dobbiamo adempiere! Sorridi un po', Malvine! Sono sicura che ieri notte sei stata tu il primo pensiero del maestro, dopo la mia preghiera!

Malvine: Oh, Edith, ti ringrazio per le tue parole! *(Con sguardo malinconico)* Spero solo che arrivi presto la primavera... *(Edith Stein gli dà la mano e poi escono)*

II

(Il solito Ignoto)

Sulla scena l'orante e il passante.
*Tutto si svolge nell'*Augenblick *di un lampo tra i due bui, originario e finale.*

L'ORANTE: Liberaci dal male, o Dio che non sei padre…

IL PASSANTE: Cosa preghi, amico? Solo il padre può liberare dal male.

L'ORANTE: Sono orfano. Così fui abituato a pregare.

IL PASSANTE: E non senti l'estraneità del Dio che preghi?

L'ORANTE: Dici bene: io prego lo Sconosciuto. Ma chi lo conosce in fondo? Nemmeno quelli che si dicono suoi figli lo riconoscono più… *(buio)*

III

(La fine del deserto)

Sulla scena appare il fantasma, insieme all'ombra.

IL FANTASMA: *(sorridendo, con la sua consueta malizia)* Non ti preoccupare, amica mia! Ormai è acqua passata! Tutto si ristabilirà per il meglio, vedrai!

L'OMBRA: Dici sul serio? Dimentichi tutto quel che di disonorevole ho fatto nei tuoi confronti?

IL FANTASMA: Ma sicuro! Io desidero solo fedeltà – ed è naturale che molti mi tradiscano, perché hanno capito bene qual è la mia natura!

L'OMBRA: Ti ringrazio davvero, amico! *(gli bacia l'invisibile mano)* Grazie!

IL FANTASMA: Su! Su! Ora bisogna solo pensare al nostro Edmund: la moglie, come sai, lo ha lasciato solo e questo, per noi, è un fatto positivo.

L'OMBRA: Già, ma da quel che ho sentito, da quando l'ho lasciato solo, altri fantasmi si sono affacciati alla sua coscienza. Non è che nel nostro mondo c'è una spietata concorrenza?

IL FANTASMA: Ah! Ah Ah! Tu non conosci allora la differenza che esiste fra quel che produce la mente di un uomo e noi? Sì, ammetto che gli uomini chiamano fantasmi e ombre anche le loro fisime; ma questo non fa altro che creare tanta di quella confusione che, spesso, gioca a nostro favore. Infatti, oggi nessuno crede alla nostra esistenza e chi ne parla, come il nostro Husserl, è deriso. Quello scrive in solitudine solo perché gli uomini glielo permettono – e noi agiamo là dove è abbandonato da tutti.

L'OMBRA: E se, come abbiamo già fatto, lo lasciassimo ancora solo?

IL FANTASMA: In quel caso, sarebbe lui stesso a invocarci. Sai quante volte è successo a me con Surin?

L'OMBRA: Con chi?

IL FANTASMA: *(accorgendosi della gaffe)* No…niente! Con nessuno!

L'OMBRA: Eppure, mi pare di aver sentito un nome d'uomo pronunciato da te… Suran? Suron? Cosa hai detto? Chi era quest'uomo?

IL FANTASMA: Ehm… Suron, dici? Sì, era un nemico delle ombre! Eh, già proprio così! Era un illuminista che scacciava i fantasmi con la lampada della sua ragione!

L'OMBRA: Maledetti illuministi!

IL FANTASMA: Già, maledetti! *(cambiando argomento repentinamente)* Ma ora andiamo, amica! Torna a torturare il tuo Edmund, che ti chiama, straziato dal dolore dell'assenza di sua moglie! E mi raccomando! Stai attenta a Edith Stein! È il soggetto per ora più pericoloso per la nostra preda! Va', presto! *(l'ombra esce)*

IV

(La ruota dei giudicanti)

Sulla scena, quando si fa luce, appare un emiciclo di sedie,
in cui siedono Malvine, Natorp, Fritz Kaufmann, Edith Stein e Daniel Paul Schreber.
Al centro c'è una sedia che ospita Husserl.
I giudicanti, a turno, dicono la loro.

NATORP: Poveretto! Va compreso un po': è solo stanco…

FRITZ KAUFMANN: Ma che stanco! È un profittatore: pensate che tratta la dottoressa Stein come fosse la sua ultima segretaria, mentre tutti sappiamo chi è! Vero, Edith?

EDITH STEIN: No, il Maestro è molto profondo e vi sbagliate tutti sul suo conto!

MALVINE: Uno che pensa solo ai fatti propri è profondo, Edith? Mi ha tradito con le sue fantasie – ecco la verità!

DANIEL PAUL SCHREBER: Permettetemi di dissentire, ma io credo che il signor Husserl sia un vero e proprio pazzo! Parola di giudice!

FRITZ KAUFMANN: *(a Daniel Paul Schreber)* Scusi, ma lei chi è?

DANIEL PAUL SCHREBER: *(si alza dalla sedia e va verso quella di Husserl, invitandolo ad alzarsi e ad andare in mezzo all'emiciclo)* Mi perdoni, professore, ma ora tocca a me essere giudicato! Sono le regole del gioco, sa? *(Husserl si alza e va a sedersi nell'emiciclo)* Io sono un personaggio prodotto dalla cerebrale effervescenza della mente del vostro Edmund, amici – come voi tutti, del resto! In verità, sono un giudice ricoverato presso la clinica del professor Flechsig a Lipsia.

MALVINE: E che ci fa qui? Solo noi possiamo giudicare, sa?

DANIEL PAUL SCHREBER: Le ho già detto che anch'io sono un giudice, signora. E aggiungo: un giudice togato, non semplicemente popolare.

NATORP: Per me è un pazzo. E per voi?

FRITZ KAUFMANN: *(con aria sufficiente)* Un signore inopportuno!

MALVINE: Un invadente, vorrà dire!

EDITH STEIN: E se andasse perdonato?

NATORP: Perdonato? Ma cosa dice, dottoressa Stein? Sa che ora tocca a lei il turno del giudizio? *(la Stein si alza e si siede in luogo di Schreber, che commenta)*

DANIEL PAUL SCHREBER: Ben le sta, dottoressa Stein? Sa che ad essere buoni si perde sempre?

NATORP: Ad essere stupidi, che buoni! Magari fossimo davvero buoni! Quelli come lei hanno sempre un interesse ulteriore per la loro falsa bontà!

MALVINE: Pensate che mi ha anche detto che avrei dovuto tornare da mio marito per perdonarlo! Ma è umano, dico io?

FRITZ KAUFMANN: E ancora gli fa la schiava, chiamandolo addirittura Maestro! E lei, professor Husserl, cosa fa lì? Se non giudica, vada al centro! Quello è il suo posto! *(Husserl si alza e va al centro, in piedi con la Stein, che si alza)* Eccoli lì! Due pazzi! Sì, due folli che si credono buoni!

DANIEL PAUL SCHREBER: *(a Fritz)* Lei giudica troppo, signore, per i miei gusti! Ora deve andare lei al centro!

EDMUND HUSSERL: *(urlando)* Basta adesso! Basta! So che non esistete! Devo andare alle cose! Alle cose! Alle cose! Via! Via! *(Tutti i fantasmi se ne vanno; resta solo Husserl che, piangendo, prende un fazzoletto)* Un fazzoletto! Ti tocco, vedo i tuoi colori, la tua consistenza! Ecco, la mia salvezza è un fazzoletto!

V

(Inno alla realtà)

Sulla scena è il Narratore. Poi l'ombra.

Il narratore: *(solo in questa battuta, la voce non è del narratore, ma di Johan Jacob Saron, che la pronuncia da dietro le quinte con un microfono)* Dov'è la realtà? Dove si nasconde? Pare che tutto sia estremamente menzognero... Chi crede, come il nostro amato Husserl, che questa sia la realtà, si sbaglia! Qui si recita, amici; si recita e basta! Ma la realtà non è questa! La verità è che chi vi parla è ancora al di qua del mondo per timore. Sì – direte – e allora escine fuori! Fosse semplice! È questo il mondo in cui recitiamo tutti, in fondo (se ci pensate bene...): il luogo dell'identità che non vorremmo mai abbandonare, altrimenti tutto si disintegrerebbe e non potremmo distinguere me e voi; non potremmo parlare di chi sono io e di chi siete voi. La linea di confine è *questa*; queste sono le mie e le vostre colonne d'Ercole, tipiche della giustizia di questo mondo, che ragiona come se dovesse dividere in particelle il terreno che spetta a ciascuno. Ma vedete: i pochi metri quadrati che occupiamo danno spazio ad innumerevoli fantasmi e demoni e più si restringe lo spazio più si sale al cielo o si sprofonda negli inferi (o, peggio ancora, si mescola cielo e abissi in un abnorme forma!). Ecco la nostra notte! E non è utile nemmeno distruggere tutto quel che voi abitate – le vostre comode poltrone, intendo dire – perché non c'è motivo di spiegare un gesto che trova in questa radicale distanza le sue ragioni: questo stato di ristrettezza esplode nelle guerre che vedete (e non siete capaci di vedere lo stato di ristrettezza!). Stringiamo i confini per pretendere quelli degli altri e ignoriamo i nostri! Che angeli davvero degni del cielo siamo, se possiamo volare così in alto! *(Pausa)* Ma io a questo dico *(gridando)* NO, NO, NO!!!

L'ombra: Ehi! Perché strilli tanto? Che succede?

Il narratore: *(indicando il pubblico)* Loro meritano tutta questa messinscena macabra? Su! Dimmelo! Nemmeno noi riusciamo a resistere – e siamo qui, sul palco!

L'ombra: *(alzando le spalle)* Potevi anche non recitare, amico! Nessuno ti ha obbligato!

Il narratore: Ma lo vedi anche tu che qui si fantastica! Non vediamo cose concrete da tempo immemorabile!

L'ombra: Cosa vuoi? Denaro? Smeraldi? Diamanti? E poi, loro sapevano che questo sarebbe stato un viaggio nella terra delle tenebre…

Il narratore: E per primi siete apparsi tu e quel fantasma, figlio del demonio!

L'ombra: Ogni fantasia inizia con noi, amico; lo sai bene! Ed ora che siamo nel pieno dello spettacolo, dobbiamo continuare e riuscire a rapire anche loro! *(indica il pubblico)*

Il narratore: Dove li vuoi portare?

L'ombra: Ma a perdersi, è ovvio! Potranno gridare finché vorranno, ma adesso che il Sole per loro è solo una bella parola e nulla più, tutto si può fare! La parte più difficile – il distacco dalla Luce – è già bella e riuscita! E anche della storia di Edmund non c'è più bisogno, ormai: perfino Malvine ed Edith Stein le abbiamo ridotte a figure immaginarie! Ormai Husserl è in trappola – e la responsabilità è tutta di Malvine e della Stein!

Il narratore: Ti sbagli, ombra! Edith sta esortando Malvine a tornare da Husserl, sappilo!

L'ombra: Già, ma io e il mio amico fantasma abbiamo costruito nel tuo filosofo un muro, che difficilmente si può abbattere!

Il narratore: Sei bieca e malvagia, ombra! Dirò tutto all'autore!

L'ombra: Quale autore, amico? Solo perché hai imparato a memoria delle battute, pensi che ci sia un autore in questo dramma? Ma queste battute io le sento più mie di qualunque altro dramma, come se io stesso le avessi scritte! Se vuoi, non recitare! Lascia perdere questo dramma: tanto il filosofo è spacciato ormai!

Il narratore: Io non parlo il tuo linguaggio disperato.

L'ombra: Troppo distacco, eh? Ma tu stesso, amico narratore, lo vuoi: come l'autore, d'altronde! È questo che vi rovina: prima ci regalate la libertà e poi pretendete che la storia segua le vostre fila! Sarebbe bello se fosse così! Accetta semplicemente che la storia ti è sfuggita di mano e che siamo riusciti a plagiare tutti gli altri personaggi!

Il narratore: Non può finire così!

L'ombra: Lo vedremo! In fondo, io sono uno spirito, mentre tu sei solo un miserabile uomo... *(l'ombra esce svanendo)*

VI

(Le torri)

Daniel Paul Schreber, su uno scranno tribunalizio, chiama gli attori.

Daniel Paul Schreber: *(con tono perentorio)* Ognuno di coloro che saranno da me chiamati, si formi un quadrato con il gessetto, che gli è stato dato in dotazione. Professor Flechsig! Mia moglie! I miei due amici giudici! *(creano un quadrato con il gessetto)* Più piccoli quei quadrati! Più piccoli! Dovete litigare furiosamente, avete capito? Questi sono gli ordini dati dai nostri fantasmi e da tutti i satanassi che ci abitano! Su! Più piccoli quei quadrati! Obbedite!

Prof. Flechsig: Che ermeneutica adottate, dottor Schreber? Voi non siete interprete solo della legge?

Daniel Paul Schreber: Innanzi a questo inopportuno quesito, sono costretto a imporle uno spazio ancora più angusto, professor Flechsig! Io sono interprete della legge della durezza del cuore.

Prof. Flechsig: Solo di quella? Perché?

Daniel Paul Schreber: Non posso esternare odio nei suoi confronti nell'esercizio delle mie funzioni, professor Flechsig. E comunque l'amore non è una legge, se era questo che intendeva dire. Tra una legge che assicura per sempre e l'amore che si fonda sul rischio eterno di perdere, io voglio sempre vincere con le mie norme, perché so da dove vengono. E, comunque, signori, è questo l'Ordine del Mondo: ad ognuno il suo spazio vitale di sopravvivenza. Dopo questo giudizio, io sarò donna finalmente e Dio sarà sfidato per sempre! Su, Eterno, vieni a prenderci, adesso! Vedi se riesci a sfuggire dal disordine che doni agli uomini con la libertà! Qui non ci sono uomini liberi, ma tutti schiavi delle leggi della durezza del cuore! Noi qui stiamo bene, per quel che ci riguarda!

La moglie di Schreber: *(disperata)* Ma Daniel Paul, perché ordini questo a me, che sono tua moglie?

Daniel Paul Schreber: *(sprezzante)* Sapevo che saresti stata debole di carattere e per questo ti ho sposata: affinché soddisfacessi ogni mio desiderio e paranoica mania di grandezza. Non te ne sei mai accorta?

La moglie di Schreber: Credevo fossi buono, Daniel Paul. Ma forse lo sei ancora…

Daniel Paul Schreber: Nessuno è buono o libero davanti ad un comando. Io sono giudice perché obbedisco alle leggi e nessuno può rimproverarmi nulla.

La moglie di Schreber: Non vedi che noi però soffriamo e obbediamo malvolentieri ai tuoi inspiegabili ordini? Da dove vengono poi? Perché bisogna dar loro ascolto?

Daniel Paul Schreber: Perché sono radicate in noi, donna, le macerie di Babele! E noi attiviamo questo odiosa divisione, cui tu e voi tutti non potete discostarvi, perché mi siete vicini con la vostra pietà! Voi me ne volete, ma non io! E ora basta con le chiacchiere! Più stretti quei quadrati! Più piccoli! *(buio)*

VII

(L'ombra della Luce)

Sulla scena Edith Stein da sola.

EDITH STEIN: *(voce di Johan Jacob Saron)* Troppe visioni mi stanno attanagliando l'anima in questi tempi: mi sentivo giudicata con il mio caro Maestro da un signore che non era il giudice divino, ma certamente era un folle. Vengono a me questi pensieri e anche il pensiero di quelle torri che il giudice umano ha formato mi sconvolge – ed ho paura! Sì, paura che spesso le mie decisioni siano quell'orgoglioso opporsi a te, Signore! Troppo timore, però, mi induce ad indugiare di te. Ecco, vedi che tutti Ti negano e Ti insultano oppure non Ti credono perché – così dicono – non esisti... Ma allora io con chi parlo, mio Dio? Sono i miei dei monologhi con me stessa e Tu stesso sei un'ombra di me stessa? Non sei tu, Dio mio, la mia ombra quando Ti prego per i miei voleri? Oh, ma forse in quei momenti tento solo di ingigantire la mia ombra e offuscare la Tua eterna Luce! L'anima – lo sai bene – spesso mi invita, su suggerimento del diavolo, ad abbandonarTi, a lasciarTi: perché questo moto di allontanamento, Signore? Qui tutti siamo ormai immersi nel buio, anche se risplende il sole più fulgido all'orizzonte: è sempre il cuore a creare le tenebre! Sì, sono io che mi recinto da Te e il demonio mi aiuta nel mio dannato intento! Solo il pensiero del Maestro, talvolta, mi libera da questa tentazione – e so che quel pensiero deriva da Te! Io lo vedo soffrire molto, o Santissimo, e peggio dei miei mali, perché non ha la possibilità di vederli! Tu mi hai dato i Tuoi occhi e come desidererei essere cieca perché anche il Maestro vedesse così come vedo io per Tua grazia! Se solo potesse uscire da quella miserabile prigione che è se stesso! Se solo lo volesse! Molti, con la loro inerzia, lo tengono ancora incatenato nel suo incanto, ma io, Signore, come vorrei liberarlo! Dammi la grazia, Ti prego! *(Pausa)* Non vuoi il suo bene? Perché non lo liberi? Perché non lo salvi?

VIII

(Le rose di Saron)

Sulla scena è Johan Jacob Saron, lo scrittore.
Poi entra il fantasma.

JOAHN JACOB SARON: *(sta rileggendo il suo lavoro, cioè il dramma* La notte degli specchi. *Poi, con impeto, straccia tutto)* Non va bene! Non va bene! Questa storia di Husserl è divenuta una maledizione! Sia maledetto anche Hangry, che ha inventato questo dannato esperimento! Aria! Aria! *(Pausa, poi dice)* A ben pensarci lascerò solo la figura di Schreber: di matti è pieno il pianeta!

IL FANTASMA: *(entrando, senza farsi accorgere dallo scrittore)* Verissimo! È quel che dico anch'io! Quella mezza calzetta di filosofo va espunto dalla sua storia!

JOHAN JACOB SARON: *(spaventato)* E lei chi è? Cosa ci fa qui a casa mia? Esca fuori immediatamente!

IL FANTASMA: Come? Non mi riconosce? Io sono stato il motore di tutto il suo scritto!

JOHAN JACOB SARON: Lei? E questo *(mostra il suo dramma)* chi l'ha scritto?

IL FANTASMA: Diciamo che le ho fatto scrivere il peggio di sé…

JOHAN JACOB SARON: Insomma, si può sapere chi è lei?

IL FANTASMA: Ma come? Non si ricorda? Sono il suo analista: le avevo detto di scrivere per curarsi dalle sue intime malattie e dal fatto che nessuno la stava ad ascoltare. Ricorda? *(Accorgendosi della maschera)* Oh, mi perdoni! *(Si toglie la maschera)* Ora mi riconosce?

JOHAN JACOB SARON: E' lei, professor Hangry?

IL FANTASMA: E chi voleva che fossi? Il suo salvatore?

JOHAN JACOB SARON: Da oggi lascerò perdere la sua terapia, professore. Stanotte non ho dormito affatto per seguirla, lo sa?

IL FANTASMA: Doveva accadere. Non è qualcosa di piacevole guardare il buio di se stessi. E lei lo sa meglio di me...

JOAHN JACOB SARON: Mi travolge la sua terapia. Non riesco a guardare nitidamente le cose e vedo solo fantasmi ed ombre: non serve a nulla.

IL FANTASMA: Naturale! È tutta cattiveria repressa!

JOHAN JACOB SARON: Comunque non me ne faccio nulla, anche perché stanotte è successo qualcosa di straordinario.

IL FANTASMA: Cosa?

JOHAN JACOB SARON: Ho acquistato la fede.

IL FANTASMA: *(sorridendo a malapena)* Ah, davvero? E per quanto gliel'hanno data?

JOHAN JACOB SARON: Perché? La fede costa?

IL FANTASMA: Ma sicuro! Il suo prezzo è la vita, lo sa?

JOHAN JACOB SARON: Lo dice, mi perdoni se glielo faccio osservare, quasi con invidia...

IL FANTASMA: Lo credo! Ha scelto Dio come analista, lasciandomi perdere senza revocare il mio mandato!

JOHAN JACOB SARON: Dio non è un analista. È colui che mi libera dalle mie ombre: quello che io le avevo chiesto e che lei non ha fatto. Credo di essere stato truffato dalla sua sapienza scientifica, sa?

IL FANTASMA: *(altezzoso)* Io effettuo solo una diagnosi e propongo la terapia più adatta. Ma se lei non aveva intenzione di seguirla, me lo poteva dire all'inizio. E l'insuccesso di stanotte – perché, me lo lasci dire, la sua fede sarà un insuccesso su tutti i fronti – non risolverà affatto il problema! Suvvia, mi dica: cosa le ha proposto in più Dio rispetto alle mie diagnosi? La liberazione dalle sue ombre, mi dice? È impossibile! Finché vivrà quaggiù sulla terra, se le ritroverà fra i piedi! E poi, sono io che ordino alle ombre di tormentarla!

JOHAN JACOB SARON: *(a disagio)* Ma lei chi è? La sua terapia è contro quello che fa? Chi è lei?

IL FANTASMA: Io sono il cattivo, il peggiore, il prigioniero che riassume la quintessenza di tutti i prigionieri del mondo. Se libera me, libererà anche tutte le ombre che la tormentano.

JOHAN JACOB SARON: Perché lei è prigioniero?

IL FANTASMA: A causa di Dio, che lei loda tanto di aver scelto e che a tutti diede la libertà eccetto che a me, chiamandomi con l'appellativo *cattivo*.

JOHAN JACOB SARON: Ah, ecco quindi chi è lei! E' il diavolo! Colui che divide! Avevo tanto cercato di capire chi era, ma solo ora lo comprendo!

IL FANTASMA: Anche lei vede solo le mie azioni? Non capisce che io sono anche il diviso in se stesso? Quello che ha bisogno dell'aiuto di voi uomini?

JOHAN JACOB SARON: Io sapevo che solo Dio compiva miracoli, non gli uomini…

IL FANTASMA: Fino a questo punto è dunque arrivata la malvagità di Dio? Di non compiere un miracolo per una sua creatura?

JOHAN JACOB SARON: Dio non aiuta le creature malvagie!

Il fantasma: Ma come? Non era Lui a dire che tutto quanto creò era buono? E allora io?

Johan Jacob Saron: La sua torre se l'è costruita bene e merita di starci dentro eternamente!

Il fantasma: E passi! È da un'eternità che soffro ormai! Ma il suo Husserl?

Johan Jacob Saron: Io e Husserl siamo uguali! Lui è solo la proiezione immaginaria di me stesso e delle mie idiosincrasie!

Il fantasma: Complimenti per la perfetta diagnosi! E non si vuole liberare di questa sua ombra?

Johan Jacob Saron: Lo dice perché lei crede che io porti in me solo l'ombra di Husserl. In verità, in me sono anche Malvine con la sua cura, il professor Flechsig con il suo distaccato rigore scientifico, Edith Stein con il suo cuore…

Il fantasma: Ah, sì? E lei si contenta di vivere in questo mare di contraddizioni che Dio le ha dato in dono invece di liberarle fuori di lei? Lei è davvero un masochista se preferisce trattenere le ombre che ha dentro, lo sa? Dio è stato disonesto con lei, stanotte! Come può fidarsi di uno che permette a me, il Cattivo per eccellenza, di insidiarla e di tentarla? Ma che buono questo Dio, che consente alla creatura più ignobile di provare l'innocente!

Johan Jacob Saron: So solo che se aprissi il vaso di nequizie che trattengo in me, si aggiungerebbe male su male: le pare giusto, con quello che già passiamo? E poi, Dio stesso subì tutto questo – e lei lo sa benissimo!

Il fantasma: Ah, sì? E come? Cristo era Dio sulla croce!

Johan Jacob Saron: Ma anche uomo! Non giochi a fare il teologo con me!

Il fantasma: Uomo? Ma cosa aveva di umano? L'uomo è contraddizione! Dio è perfetto, mentre voi uomini siete volubili e variabili. Dio voleva la perfezione umana, mi dice lei. Ma volere la vostra perfezione significa negare che siete imperfetti e sempre disposti a cedere! Bel Dio che esige la perfezione da un essere che non è tale, condannandolo ad un'eterna contraddizione! La verità che solo io e Lui siamo gli unici cui voi potete affidarvi! Voi, al contrario, siete solo dei mercenari!

Johan Jacob Saron: Per me il Suo sguardo vale mille volte i vostri argomenti!

Il fantasma: Non dica sciocchezze! Io le ho detto di scrivere per guarire dai suoi mali! Le ho chiesto una cosa precisa!

Johan Jacob Saron: Già! Lei creava i mali e poi voleva che io li evocassi per danneggiare prima me e poi gli altri – ecco la verità!

Il fantasma: Tsk! Trattenerli non serve a nulla! Complica solo il cuore!

Johan Jacob Saron: Che o si complica o lo si getta violentemente contro gli altri, vero?

Il fantasma: Alcuni miei fidati pazienti sanno anche ingannare e deludere, se è per questo…

Johan Jacob Saron: *(non volendolo più guardare in volto)* Se ne vada!

Il fantasma: Valuti questo, allora: perché dare ascolto a Dio, che chiede l'asimmetria fra il bene e il male? Sa cosa dice Lui? Il bene vince il male, lo strozza, lo soffoca…

Johan Jacob Saron: Il bene è fragile e delicato, non violento come mi vuole far credere! Non mi incanta più! Io straccio tutto, perché solo così potrò continuare a vivere senza di lei! Se portassi fuori le mie ombre aggiungerei male su male e le invidie diventerebbero maldicenze, odio, ingiuria contro il mio prossimo, guerra esterna.

Il fantasma: E vuole restare così? Con le sue asperità contraddittorie nel suo cuore? Non le confesserà a nessuno? Uno come lei è destinato alla propria distruzione: ecco perché è degno di Surin! *(Pausa)* A proposito, ma sa che ha le stesse iniziali? Johan Jacob Saron, non sarà forse lei Jean Joseph Surin? Guardi che la mia indagine ha condotto fino a lei, scoprendo la mia vittima!

Johan Jacob Saron: Io non sono Surin! Sono, purtroppo per lei, il suo peggiore compagno.

Il fantasma: Eh, già! Ma sa che anche Surin lo era? E che Dio, che lei tanto ama, mi diede l'ingrato compito di tormentarlo? Farò lo stesso con lei, a ben vedere!

Johan Jacob Saron: Lei insinua i dubbi nella mia fede in Dio e il suo cuore è costruito tutto sulla vendetta! Ma sappia che io potrei anche essere Surin, ma non solo lui! Sono tutte ombre che lei crea per confondermi le idee!

Il fantasma: Mi creda che un giorno troverò il suo punto debole, Surin! Per ora mi sembra abbastanza sfrontato da parlare in maniera così disinvolta con me!

Johan Jacob Saron: Io già ho attraversato una notte insonne con lei e con le sue tentazioni; ma ormai sono uscito dagli specchi che mi mostrava ed è giunto il momento di Archimede.

Il fantasma: Che intende dire? Non ha ancora capito che siete tutti prigionieri del mio mondo e delle mie illusioni? Che io sono il Genio maligno?

Johan Jacob Saron: Lo vedremo. Ho cessato di essere indifferente alla Luce che lei odia: non sono un triviale che pensa al cibo, al denaro e al mondo, ma nemmeno sono un guerriero arroccato nella mia torre, come ho scritto di Schreber. Ormai ho capito che la vera battaglia non è con lei, ma con Dio stesso. E adesso le ordino di andarsene!

Il fantasma: Dio mi ha reso libero e, quindi, io da qui non mi muovo! Non solo: ma adesso pagherà il delitto di questa notte tutto insieme! *(Il fantasma scaglia a terra lo scrittore)* Contento? Chiami il suo Dio, ora!

Johan Jacob Saron: Mi uccida pure! Ma non cederò mai a lei!

Il fantasma: Come desidera! *(Prende una rivoltella dalla tasca e gli spara. Nello stesso istante tutti gli specchi si rompono. Il fantasma urla e fugge via. Lo scrittore resta a terra, esangue. Sullo sfondo appare l'ombra della croce. Due inservienti, entrando, portano uno specchio enorme, che copre tutto il palco e riflette il pubblico. Poi una accecante luce colpisce lo specchio e si rifrange sul pubblico. La vittoria della Luce)*

(Sipario)

Come può Satana scacciare Satana?
Se un regno è diviso in se stesso, quel regno non può durare.
Se dunque Satana va contro se stesso ed è diviso,
non può resistere, ma sta per finire.

Marco, 3, 23-26

Al gran ballo delle maschere infernali

Confesso di aver scritto questo dramma apocrifo su Husserl e Schreber che sovrappone, come in una giostra infernale, vari strati narrativi per puro gusto, anche se all'inizio non erano queste le mie intenzioni. Infatti questo scritto sorge, da un lato, dalla lettura delle prime pagine del *Riccardo III* di Shakespeare e, dall'altro, dall'interpretazione dell'*Amleto* di Jeffrey Burton Russel che ho avuto la fortuna di leggere recentemente.

Parto dal primo dato: mi trovavo un pomeriggio d'estate presso alcuni parenti in Sicilia, quando d'improvviso mi affascinò un volume del celebre drammaturgo inglese non ancora sfogliato, che raccoglieva varie sue tragedie, fra le quali spiccava – come l'*ouverture* di una sinfonia – proprio il *Riccardo III*, che parlava della speranza di un trapasso della dinastia degli York dalla stagione invernale a quella estiva e del claudicante e deforme protagonista, nonché della misteriosa G con cui sarebbe stato assassinato suo padre. Io ero in ferie ricordo, ma la mia fantasia non aveva preso vacanza da quelle immagini che restarono impresse nella memoria.

Qualche giorno dopo, tornando a casa, trovai un testo che aveva come tema la figura di Satana nei secoli: collegando la lettura fatta qualche giorno prima con quel libro, riscoprii un'ermeneutica singolare dell'*Amleto* di Shakespeare, il cui tratto principale non era – a detta dell'autore – il dilemma, per dir così, ontologico dell'insicuro principe di Danimarca, ma le figure di tenebra che compaiono per insidiarlo. È vero, rammentava l'autore, che anche in altre tragedie Shakespeare si serve di intermediari del demonio (ed enunciava a titolo esemplificativo, le streghe nel *Macbeth* o personaggi umani come il già citato Riccardo III o Jago nell'*Otello*); tuttavia, continuava Russel, solo con il padre di Amleto appare la figura di Satana nella sua ambiguità maligna. Amleto non è un demone ed è angosciato per la morte cruenta del padre. Eppure, grazie al proposito di vendetta insinuato dall'ombra del padre, il Diavolo entra in Amleto. Insomma, la chiave per comprendere la più famosa tragedia shakespeariana è il fantasma del padre di Amleto, considerato come demone evocato e che renderà possibili una serie di omicidi e di suicidi in nome della vendetta.

Il fosco Shakespeare, a tal punto, sembrava un cupo medievale – almeno agli occhi della modernità. In verità, se si leggessero sinotticamente l'*Amleto* e gli *Esercizi spirituali* di Sant'Ignazio di Loyola, si vedrebbe che dicono la medesima cosa: infatti, colui che ha formato la Compagnia di Gesù ricorda agli esercitanti che gli spiriti sono tre: quello buono, quello cattivo e quello umano, che acconsente all'uno o all'altro. Proprio come il principe di Danimarca, mi dicevo. Ma emerge da ciò anche un'altra verità: l'uomo è in balia di forze superiori rispetto a lui. È cioè sospinto da una diabolica o divina trascendenza.

I due testi che avevo letto quell'estate offrivano la tonalità del dramma sulle ombre, che non aveva alcuna intenzione di essere una sorta di horror letterario, ma solo la *rivelazione* dei fantasmi che ci accompagnano in questo breve percorso terreno. Un teatro d'ombre, insomma, che aveva come obiettivo soprattutto l'esibizione della loro verità crudele e delle loro malizie psicologiche. Ecco la ragione per cui mi sono servito del filosofo Edmund Husserl, il solo di cui avevo una documentazione idonea a costruire un soggetto psicologicamente debole, nonostante i suoi scritti innumerevoli e frammentariamente disordinati. E, come in un campo elettrico, attorno all'elettrone husserliano orbitavano le salvifiche immagini della moglie Malvine, prima, e di Edith Stein, dopo.

Tuttavia, il centro dell'azione restava dedicato all'opera dei demoni, che apparivano non solo come dei mentitori e dei giovannei omicidi (lo si vede benissimo nell'ultima scena), ma anche dei soggetti capaci di confondere le idee del lettore-spettatore. Ecco, l'obiettivo precipuo era proprio questo: la confusione metafisica di un soggetto, che non riusciva più a distinguere fra la realtà e la fantasia. Onorando Cartesio, il quale aveva capito quali potevano essere i rischi di una eccitata *res cogitans* (che consistevano – quasi in un perfetto controcanto alle tesi kantiane su Dio espresse nella *Critica della ragion pratica* – nella postulazione di Satana), si è data forma all'idea espressa da questi nel suo famoso *Discorso sul metodo*, ossia quella di un Genio Maligno.

Si badi: non era affatto bandita la presenza della tradizione pirandelliana, che anzi sarebbe stata presente in massimo grado: la frase "io sono colei che mi si crede" era, infatti, perfettamente aderente a questa presunta realtà. Ma, in luogo del sonno di drammatugica follia in cui cade l'*Enrico IV* dello scrittore siciliano, qui si proponeva il tentativo di risveglio di Husserl dal luogo delle tenebre, ossia dalla cavernosa tenebra del suo spirito. Lo si vede verso la fine, quando alcuni personaggi – tra cui il narratore e la stessa Stein – si dicono esausti della macabra fantasia di cui sono prigionieri: il luogo dell'oscura solitudine di Husserl da affascinante si rivela claustrofobico nella prospettiva umana.

Insomma l'elemento fantastico è sorprendentemente dominante e le ombre sataniche non risparmiano nessuno degli agenti sulla scena: né i giudici o i medici che non si accorgono della malattia mentale di Daniel Paul Schreber; né il pensatore Husserl che, come un nuovo Amleto, crede di parlare con se stesso, mentre colloquia con il suo demone custode. Né mancano i paradossi che rendono sapide talune intenzioni – dei personaggi o del paziente in analisi… – troncate nella loro fase esecutiva. Ecco, dunque, l'ombra che annuncia il suicidio al filosofo; o ancora l'improvviso ravvedimento dell'ombra stessa e i suoi sospetti nei confronti del fantasma diabolico: emblema che del Diavolo non ci si può mai fidare del tutto. La realtà delle tenebre, insomma, assumeva caratteri destabilizzanti: ecco perché l'unica ancora – se si può con quest'immagine "sicura" e insuscettibile di instabilità – per l'ombra era l'anima di Husserl. Ma anche alle tenebre taluni uomini risultano insopportabili: di qui l'intenzione di annullare il patto stipulato con il fantasma. La scelta per l'ombra aveva ad oggetto o la caverna dell'io husserliano o la luce del Nemico. L'amletica ombra sarà spazzata via dal fantasma nella sua indecisione e il pensatore sarà condannato alla desolazione totale, nel senso ignaziano del termine.

Tuttavia Satana non è l'unico fattore a determinare l'evento scenico: un contributo essenziale lo offrono anche i contorni psicologici di Husserl. Non è forse lui che, liberatasi l'anima di tutte le ombre e fantasmi esterni, formula dei monologhi immaginari? E di questo si vuole dare la responsabilità a Satana? Certamente l'abbandono di una persona non è degno degli spiriti benefici (e, con ciò, il diavolo resta comunque oggetto di condanna); ma nemmeno il pensatore ebreo ha delle esimenti a suo favore. Insomma, il momento dei soliloqui di cui al secondo atto dimostra che l'unico ad essere imputabile è proprio Husserl, nonostante sia stato abbandonato da tutti, compresa la moglie.

E la storia di Schreber, ci si chiederà? Cosa c'entrava con la lineare storia del *pactum sceleris* diabolico, ideato ed eseguito dall'ombra e dal fantasma (anche se poi giuridicamente risolto), ai danni del pensatore ebreo? Il giudice di Dresda, in verità, era l'altra figura che mi serviva a creare ulteriore confusione, anche cronologica, nonché alcune scene insolite che dimostravano la noncuranza degli uomini nei confronti di alcune dimensioni come la morte (mi sembrava, infatti, opportuno l'inserimento dell'azione del giudice che, arrivando alla clinica Flechsig e volendo salutare il proprio collega Daniel Paul, viene a sapere che è morto da cinque anni). Tuttavia, la confusione narrativa, creata dal paranoico Schreber, è stata utile anche per comprendere il significato di alcune astuzie diaboliche, come il processo psicologico ad Husserl, nonché quello della preghiera, come fonte di salvezza da tale stato. Non solo: più si delineava la figura del paranoico, più mi accorgevo che egli diventava una sorta di corifeo, che annunciava in modalità anamorfica l'intero dramma.

Il complesso doveva configurarsi, in buona sostanza, come l'imperversare delle forze infernali sugli uomini, i quali però erano lasciati completamente liberi ed ignari: solo lo spettatore e i personaggi più profondi come Husserl o Edith Stein avrebbero avuto la grazia di poterle *vedere*. Ecco, dunque, perché si parla di un "teatro d'ombre": era una delle poche occasioni di visione dell'inferno (al di là dei racconti agiografici) e delle sue astuzie materialmente onnipresenti nel mondo, ma spesso dimenticate. È evidente che taluni fenomeni sono puramente naturali: non si può dare una giustificazione teologica dell'ipocondria di Husserl o della paranoia di Schreber. Tuttavia, i territori umani più deboli sono quelli potenzialmente soggetti all'irruzione di Satana: lo prova, fra l'altro, la confessione che il Diavolo stesso, travestito da fantasma (si noti la menzogna perfino nel suo apparire) fa del caso Surin, realmente verificatosi nel XVII secolo. E, se poteva accadere quella confusione mentale nell'orizzonte psichico di Surin, che era contemporaneamente un malato di nervi ed un esorcista, non poteva avvenire lo stesso anche per Edmund Husserl? Ho lasciato perdere l'ipotesi di Schreber, nonostante la sua utilità drammaturgica, perché in quel caso il problema era veramente solo di natura clinica.

Alla fine si scoprirà – o forse no, dal momento che l'ambiguità del dramma non lo permette – che il Surin redivivo è Johan Jacob Saron, un paziente in analisi che ha seguito la terapia dello "psicogramma", prescritta proprio dal diavolo, travestito stavolta da psichiatra. È la beffa suprema: in verità, tutta la scrittura de *La notte degli specchi* era uno strumento che serviva a Satana per colpire a morte Johan Jacob Saron. Tuttavia accade il colpo di scena: la notte in cui Saron doveva restare prigioniero del gioco illusionistico delle *voci* che coabitavano in lui, diviene una *noche oscura* in cui il paziente in analisi scopre la viva fede in Dio, che intralcia il perfetto piano di Satana. Ne sono preludi, in tal senso, da un lato il grido del narratore che invoca la *realtà*; dall'altro, il concitato dialogo-soliloquio di Edith Stein, che dubita di tutto ma che, nonostante tutto, si affida a Dio. *Notte dello spirito* – questa è la definizione dei mistici dello stato dell'anima in questa terra. Ma nel dramma c'è poco di ascetico e molto di umano (sospetto che, forse, l'intero percorso verso l'umanità, che passa per una serie di spoliazioni interiori, è realmente una strada mistica verso Dio…). Il vero rito, insomma, è costituito dai tortuosi sentieri e dai dedali di pensieri che formano questo viaggio verso l'umanità; ma – ed ecco la meraviglia – nel momento in cui essa si raggiunge, si è arrivati contemporaneamente a Dio. Emerge finalmente una modalità *mistica* per intendere la fine di questo *amphitheatrum diabolicum*.

Alcuni potrebbero obiettare: finisce bene, con i soliti tarallucci e vino dell'affidamento in un Essere trascendente. In verità, qui si vuole dimostrare la saggezza di un pensiero di Simone Weil, quando ne *La pesanteur et la grace* scrive che l'uomo deve compiere l'atto di incarnarsi, perché è disincarnato dalla immaginazione, che viene da Satana. E di quale forma migliore di disincarnazione gode il mondo contemporaneo, se non la psicologia? Ecco che allora gli specchi divengono una metafora critica di un modo di astrazione dalla realtà. Non solo: l'invito a *incarnarsi* (parola squisitamente adoperata nel lessico della teologia cristiana) non è rivolta a Cristo, ma agli uomini. Insomma, riprendendo ancora Weil, non è possibile amare se prima non ci si incarna. Non è sufficiente, quindi, il pensiero critico del distacco dal mondo, ma anche la critica incarnata *nel* mondo. L'alternativa radicale, insomma, è fra atarassia degli stoici e amore incarnato del cristianesimo.

Debolezze, fragilità, introversioni: i mali interiori erano ben tracciati. Ma il male esterno, quello della prepotenza storica, dov'era? Nel dramma è accennato qua e là, soprattutto nella critica di Edith Stein; e poi la violenza delle ombre era già sufficientemente determinante in tal senso. Poteva bastare, anche perché il Vangelo chiaramente dice che tutte le immondizie escono dall'interno dell'uomo e non riguardano le pratiche esteriori. I pensieri umani, se viziati o cattivi, sono il reale pericolo; l'azione è solo un loro ideale prolungamento e non fa che aggravarne la loro radicale malizia.

Nell'ora delle tenebre, il bene sembra assente e Satana vincere: se così non fosse, non sarebbe problematica la contemporanea rinuncia o indifferenza al Dio che promette illusorie salvezze. Sembra morto il bene, proprio come coloro che lo vogliono testimoniare contro il regno delle tenebre, come Johan Jacob Saron. In verità, il bene è disseminato e nascosto in pochissimi personaggi (si possono contare sulla punta delle dita), come il male esterno. Stavolta, però, il significato della disseminazione muta: la presenza di figure positive come Malvine, Edith Stein o il giudice Heinrich sono espressioni che simbolicamente alludono a tre dimensioni. E rispettivamente: il risveglio dal torpore in cui spesso il malinconico filosofo cadeva nei suoi dialoghi con la sua ombra (la moglie, addirittura, lo schiaffeggia per destarlo dal sonno delle sue elucubrazioni o quando realmente abbandona la scena, pienamente informata alle visioni demoniache di Husserl, lasciando quest'ultimo solo); la fortezza del testimone di Dio contro le insidie del Maligno; la pietà nei confronti della debolezza umana. Anche questo, dato l'orizzonte infernale che infestava tutta la sceneggiatura, poteva bastare.

La terra scenica descritta è priva di Amore, una eliotiana *waste land*: nulla fiorisce e ciò che tenta di opporsi a tale legge è immediatamente sommerso dagli scherni e dalla violenza. In fondo, il mondo dei satanassi ci somiglia un po', anche se dobbiamo evitare l'atteggiamento di imputare solo ai demoni il male: in realtà, un'adesione anche se minima la diamo anche noi all'operato diabolico. Ma questa terra è letteralmente invivibile: lo comprende immediatamente lo spettatore che i tormenti subiti da Husserl sono intollerabili e, in un certo senso, si qualificano in senso deteriore anche perfino rispetto alla vergine di Norimberga. Nemmeno le creature di tenebra ci vivono bene. In fondo, non siamo mutati in nulla rispetto alla figura di Amleto di cui Shakespeare ci parla così cupamente. Nel bel mezzo di questo inferno, che Franz Kafka aveva evidenziato in modo personalissimo nelle sue *Lettere a Milena*, dove diceva di lagnarsi non già del crollo del mondo, ma del suo ricostruirsi, del venire al mondo e della luce del sole, sorge una domanda: quando l'inverno di York si tramuterà davvero in estate? Quando spunteranno, come ricorda Isaia, anche citato da Jankélévith ne *La musica e l'ineffabile*, i fiori della testimonianza, le rose di Saron?

INDICE

www.ingramcontent.com/pod-product-compliance
Ingram Content Group UK Ltd.
Pitfield, Milton Keynes, MK11 3LW, UK
UKHW041431210726
13854UKWH00010B/1378

9 781329 122451